ALTRES OBRES DE COLLEEN CROSS

Els misteris de les bruixes de Westwick

Caça de bruixes

La bruixa de la sort

Bruixa i famosa

Subscriu-te al butlletí per a assabentar-te de les noves publicacions de Colleen.

http://eepurl.com/dDAcgr

CAÇA DE BRUIXES

UN MISTERI PARANORMAL DE LES BRUIXES DE WESTWICK

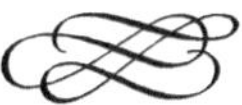

COLLEEN CROSS

Traducido por
ALICIA BOTELLA JUAN

SLICE THRILLERS

Caça de bruixes: un misteri paranormal de les bruixes de Westwick

CAÇA DE BRUIXES

UN MISTERI PARANORMAL DE LES BRUIXES DE WESTWICK

COMPTE AMB ALLÒ QUE DESITGES

La mort d'un multimilionari no és gaire bona per a un negoci! És el que diu la tieta Pearl a la Cen quan troben un cadàver a l'hostal familiar a Westwick Corners.

Tanmateix, la Cen pensa que no és cosa d'ella. Viu una vida normal apartada de la màgia per alguna cosa. Està promesa amb un noi normal i té una feina normal com a periodista, sense màgia de per mig, i un inconvenient com un assassinat al poble no pertorbarà la seva còmoda existència.

Encara que tot el poble acusi la tieta Pearl d'haver assassinat el seu hoste. Encara que el seu promès actuï d'una manera sospitosa i vegi fantasmes on no n'hi ha. Encara que el nou i atractiu xèrif, en Tyler Gates, la tracti com la més sexy de les bruixes.

Si t'agraden els misteris lleugers amb una dosi d'humor i un toc sobrenatural, t'encantarà aquesta història de bruixes!

Cada llibre de la saga conta una història diferent, i es poden llegir en qualsevol ordre.

Sobre la saga Els misteris de les bruixes de Westwick:

Registra't per rebre notificacions a http://www.colleencross.com

«Una captivadora aventura màgica. Si t'agraden els misteris lleugers t'encantaran la Cendrine West i la seva peculiar família de bruixes.

Westwick Corners no és el típic poblet. Ni tan sols un poble fantasma normal i corrent. És on la gent es perd i on les bruixes entrenen la seva màgia sense cridar massa l'atenció. Aquesta combinació el converteix en un lloc interessant on mesclar els misteris i l'humor, i les bruixes sempre són el centre d'acció.

La cuina de la Ruby, les investigacions de la Cendrine i l'escola de màgia de la tieta Pearl sempre cerquen l'ingredient secret que impulsi les bruixes a la fama i la fortuna i torni a fer brillar el poble de Westwick Corners. Les bruixes sempre treballen en noves oportunitats de negoci per l'hostal Westwick Corners, el bar Embruix i, per descomptat, l'Escola d'Encanteri Pearl, on les bruixes van a desentranyar enigmes, conjurar encanteris i crear nous misteris màgics. Llàstima que sempre es distreguin perquè ocorren successos estranys a Westwick Corners, des de petits delictes fins a assassinats.

La família West sempre ha estat a Westwick Corners i sempre hi estarà. Descendeixen d'una llarga estirp de bruixes que ha viscut a Westwick Corners des de la seva fundació. Bruixes que desvelen misteris, resolen crims i ajuden qui ho necessita.

Són un conjunt de bruixes de tots els estils, perquè embruixar és una de les coses típiques que es fan a un poblet. Tothom ajuda. Fins i tot el fantasma de l'àvia Vi s'entremet i investiga. Però quan totes estiren, no ho fan sempre en la mateixa direcció. Si t'agraden les endevinalles, les rialles i les sagues de misteri, t'encantarà aquesta col·lecció. Disponible en format electrònic i en paper.

La següent aventura de la saga ocorre la Nit de Nadal. Mentre hi hagi lectors que gaudeixin amb les meves històries, continuaré escrivint-les. Gràcies per la lectura!

CAPÍTOL 1

Acabava de treure el mòbil de la bossa de mà perquè estava sonant, quan la tieta Pearl arribà volant a la meva nova sala de redacció. Literalment. Una cosa totalment prohibida durant les hores de llum. El fet que fóssim bruixes no era un secret amagat en el petit poble de Westwick Corners, però era millor no vanagloriar-se'n.

Es plantà al marc de la porta i cridà:

—Cendrine!

La tieta Pearl només utilitzava el meu nom complet quan estava enfadada. Jo també tenia dret a estar-ho. Portava al despatx des de les sis del matí per a posar-me al dia. Era quasi migdia i estava cansada, famolenca i suada, i damunt, l'aire condicionat havia decidit espatllar-se en el moment menys oportú.

I en aquell moment, la resta del dia estava a punt de complicar-se. Bé, no si podia fer alguna cosa per a evitar-ho.

La vaig ignorar mentre el meu telèfon seguia sonant i vaig comprovar el nom que apareixia en pantalla. Era la mare un altre cop. Ja m'havia cridat mitja dotzena de vegades aquell matí, amb preguntes sobre l'assaig del casament i la inauguració oficial de l'hostal West-wick Corners, ambdues coses previstes per a aquell mateix dia. Hauria d'haver-me quedat a casa.

—Cendrine, el nou xèrif és un imbècil. Vull que el poses al dia de tot —va dir des del llindar de la porta, esperant una reacció per la meva part.

—No —vaig respondre donant mitja volta i contestant al telèfon.

La mare estava frenètica.

—Cen, no trobo la Pearl. Em preocupa que se'n hagi anat i hagi fet una altra de les seves bogeries.

Vaig activar l'altaveu i vaig aixecar les celles en direcció a la tieta Pearl.

—És aquí, amb mi.

La tieta Pearl s'apropà a la meva taula i cridà a través del telèfon.

—No necessito cap minyona, Ruby. Sóc perfectament capaç de divertir-me sola.

—Això és el que em preocupa —va respondre la mare—. No pots continuar fent fora del poble més gent.

—Per què no em poses un dispositiu de seguiment? Per l'amor de Déu. —La tieta Pearl es va deixar caure en una cadira enfront de la meva taula—. No sóc una nena.

—A vegades et comportes com una.

Sembla que jo no era l'única que es preguntava amb quin tipus de benvinguda hauria rebut la tieta Pearl el nou xèrif. Era millor no fer gala de les nostres habilitats. Els West foren una de les famílies funda-dores, fa més d'un segle, quan els meus besavis s'instal·laren a West-wick Corners. No obstant això, podíem deixar de ser benvinguts en qualsevol moment. La tolerància dels altres té un límit.

La tieta Pearl va ignorar la meva resposta. Potser el nostre llegat familiar li havia fet creure que tenia dret a comportar-se així. Era una llàstima, perquè la seva continua manca de respecte per les regles amenaçava la nostra convivència al poble, encara que semblava que no li importava el més mínim.

M'agafà el mòbil de les mans i cridà:

—És una molèstia, Ruby. Cen, haurem d'explicar-li-ho tot.

Vaig recuperar el meu mòbil.

—No penso fer res d'això. El que tu vols i el que fa que es venguin periòdics són dues coses molt diferents, tieta Pearl. No puc ajudar-te. El *Westwick Corners Weekly* està a punt de publicar-se

Havia aconseguit la meva feina comprant-li el periòdic a l'anterior propietari quan es va jubilar. La major part de la indústria local caigué quan desviaren la carretera estatal fa uns anys. La majoria de joves de la meva edat havien marxat a indrets amb més futur poc després. Els pocs que quedàvem guanyàvem els calers justs per sobreviure.

Vaig sentir la veu de ma mare a través del telèfon.

—Cen, la Pearl només intenta ajudar. Li dónes massa importància a la teva feina.

No em va sorprendre el canvi sobtat del to de ma mare. Simplement, s'havia posicionat del costat de la seva germana major per a minimitzar els danys colaterals i curar-se en salut. Com la tieta Pearl normalment se'n sortia amb la seva, la mare havia adoptat l'estratègia per a evitar els conflictes. Una estratègia que, a llarg termini, creava mes problemes dels que resolia.

—He d'anar-me'n. Ens veiem en unes hores. —La mare havia permès que la tieta Pearl continués amb el seu mal comportament després dels intents inútils per mantenir la pau. No sabia com havia mogut els fils la tieta Pearl per a aconseguir el que volia. Jo, en canvi, em mantenia ferma. El resultat final era que ma tia i jo sempre acabàvem de les grenyes.

La tieta Pearl s'enfonsà en la cadira i bufà.

—Açò no és cap periòdic. Només hi ha publicitat i descomptes col·leccionables. Per què malgastar el teu temps? Ningú llegeix els articles que escrius. Accepta-ho, Cen. Aquest periòdic és una porqueria.

—Almenys em guanyo la vida de manera honesta. —Cada vegada que estava de baixada, la tieta Pearl em feia sentir encara pitjor. Encara que no li faltava raó. Havia invertit tot els meus estalvis en una feina a temps parcial mal remunerada, i ni tan sols se'm donava bé. Hi havia poques opcions per guanyar-se la vida al poble, així que la majoria de nosaltres havíem de ser emprenedors—. Podries dir alguna cosa agradable per variar.

La meva tieta es va quedar mirant-me en silenci uns segons. Eren poques les vegades que es quedava sense paraules. Més em valia escoltar la seva última tirallonga d'improperis si volia sortir de del despatx a temps. S'inclinà cap a endavant.

—Et donaré una exclusiva perquè, per una vegada, tinguis una història decent. El nou xèrif és un corrupte i vull que publiquis els seus delictes.

—Quins delictes? —Vaig comprovar el rellotge. Era quasi migdia —. El xèrif Gates només porta unes hores al poble. Quin delicte podia haver comès en tan poc temps?

—Té un passat, Cen. Un passat obscur.

—No el tenen tots?

En Tyler Gates era el cinquè xèrif en sis mesos. Només atrèiem desertors, ganduls i indesitjables que no trobaven feina en cap altre lloc. Estava disposta a deixar-li una mica de marge, ja que una figura d'autoritat era millor que cap. Teníem el millor a què podíem esperar.

—Sé perquè va deixar el seu últim treball. —La tieta em va fer l'ullet—. És un escàndol.

—De veritat?

L'única cosa bona del canvi d'autoritats era que les habilitats sobrenaturals de la meva família es mantenien més o menys en secret. La part dolenta era que no havia de ser així. La raó principal per la qual abandonaven la feina era per la delinqüent que tenia just enfront.

—Sí, de veritat. I una altra cosa, el cartell de l'autovia atreu al tipus de gent equivocat. —Aclucà els ulls mentre es posava dempeus per a semblar més alta. Era tot indignació i intimidació.

—Atreu turistes, tieta Pearl. És el tipus de gent que necessitem.

La tieta Pearl odiava els visitants, i, tret que deixés de fer entremaliadures, Westwick Corners estava destinat a convertir-se en una altre poble fantasma de l'estat de Washington. El nostre poble no tenia indústria local, només ancians grangers pels voltants que no gastaven gaire.

El turisme era la nostra única opció, així que havíem passat mesos revitalitzant Westwick Corners per donar-li l'aspecte d'un lloc idoni per a una escapada rural de cap de setmana. Tenia el pressentiment que el fruit dels nostres esforços estava a punt d'anar-se'n a fer la mar.

—Què és aquesta olor?

Vaig olorar l'aire preocupada perquè el típic aroma a espígol passat de la tieta Pearl hagués canviat per un desagradable olor a benzina. L'última vegada que olia a benzina s'havia ficat en el radar de la policia de l'estat de Washington. Ni al poble ni a la família ens convenia que aquella situació es tornés a repetir.

La tieta Pearl somrigué amb superioritat però guardà silenci.

—El poble votà sí a la nova senyalització de l'autovia, tieta Pearl. Ho sento, però la majoria mana. Quasi mai venien visitants des que la intersecció de l'autovia havia sigut desviada a Shady Creek uns anys abans. Havíem de canviar aquest fet urgentment.

—Si us plau, no em diguis que has tornat a fer malbé el senyal de l'autovia.

Silenci.

Els impostos a la propietat s'havien disparat durant un temps. El senyal de l'autovia no era l'únic que havíem de reemplaçar regularment, i estava cansada del creixent odi cap a la meva família per culpa de les malifetes de la tieta Pearl. Tenia el pressentiment ¡ que l'assumpte del senyal de l'autovia no era l'únic que m'estava ocultant.

—Puc olorar la benzina des d'un quilòmetre. Què has fet?

La tieta Pearl inspirà.

—Jo no noto olor a res. Deixa de canviar de tema, Cendrine. El senyal perjudica el meu negoci.

No tenia ni idea de per què estava enfadada amb mi. Vaig decidir actuar amb compte, ja que la piromania i els poders sobrenaturals no eren una bona combinació. Els poders màgics són un do i una maledicció. Jo creia que havíem d'utilitzar la màgia per a fer el bé, no per a causar estralls. La tieta Pearl no era de la mateixa opinió.

—Quin negoci? —Vaig parpellejar per a evitar que em ploressin els ulls pels vapors agressius.

—L'Escola d'Encanteri Pearl.

—Com? —La meva tieta era de tot menys encantadora.

—La meva escola de màgia.

—Quina escola de màgia? Ja tens una feina a l'hostal. De fet, hauries de ser allí ara mateix ajudant la mare.

La feina de «dia» oficial de la tieta Pearl era de dona de claus de l'hostal. Era una bona forma de mantenir-la ocupada. Encara que tingués setanta anys, es ficava en problemes quan disposava de massa temps lliure.

—La Ruby ho té tot controlat.

—Semblava bastant estressada per telèfon. Crec que necessita la teva ajuda. Els hostes arribaran en qualsevol moment.

Teníem totes les habitacions reservades i alguns hostes molt importants. La Tonya y en Sebastien Plant, la multimilionària parella fundadora de Travel Unraveled, la major agència de viatges en línia del món, eren els nostres invitats d'honor. Contra tot pronòstic, havien acceptat la nostra invitació per a allotjar-se a l'hostal, i teníem l'esperança que això ens dones bona publicitat. La seva experiència podia impulsar o enfonsar el nostre negoci. Era matar o morir, per dir-ho d'alguna manera.

—L'Escola d'Encanteri Pearl també prepara una gran inauguració. —La tieta Pearl inspirà mentre una targeta de presentació es materialitzava entre els seus dits. Me la va oferir—. Deuries matricular-te. Déu sap que no et vindria gens malament refrescar els teus coneixements. No és d'estranyar que les teves habilitats estiguin oxidades, ja que no practiques mai. Les classes comencen demà a les nou en punt.

—No és bon moment, tieta Pearl.

Vaig fer girar la targeta entre els dits i l'hològraf d'una bruixa em saludà amb la mà. La vaig posar cap per avall sobre la taula.

—L'únic bon moment és el present, sobretot a la meva edat. Faré el que em vingui en gana —digué—. Porto vivint aquí més temps que tu. A més, l'Escola d'Encanteri Pearl forma part del canvi d'imatge del poble. Atreu turistes sobrenaturals.

—La bruixeria no forma part del pla oficial.

Tot el poble havia passat milers d'hores treballant en equip en la nova estratègia turística i la tieta Pearl estava a punt de sabotejar-la.

Tots els edificis del poble, incloent-hi l'hostal, havien sigut restaurats per recuperar la glòria que els caracteritzava a principis del segle XX. L'únic que no havíem recuperat de moment era el teatre *burlesque*, encara que teníem plans per a un auditori futur.

Poca gent sabia que Westwick Corners estava situat en un dels major vòrtex o centres energètics de la terra. Ho creieu o no, era un bon imant per als turistes. El vòrtex és el que va atreure aquí la família West en primer lloc. I, fins al moment, havia sigut un secret molt ben guardat.

Ara que els temps havien canviat i el poble lluitava per sobreviure, havíem decidit invertir en el vòrtex. Havíem promocionat un clima New Age, amb un centre de curació espiritual, un balneari i una tenda de regals d'energia terrestre.

Però res de bruixeria.

—Ni tan sols tens un lloc on impartir les classes.

Ma tia aixecà la cella i somrigué amb superioritat.

—Això no és cert. Acabo d'alquilar l'antiga escola.

—No pots fer màgia a plena vista.

L'escola estava a un centenar de metres de l'hostal i era clarament visible des del Carrer Major. Em vaig estremir pensant en la tieta Pearl fent màgia davant dels turistes. Era la recepta per a un desastre total.

—Vivim en un país lliure —bufà la tieta Pearl—. Faig el que vull. La majoria de la gent d'aquí coneix les nostres habilitats

Això era més o menys veritat. Els secrets són difícils de guardar en Westwick Corners, un poble petit on tothom es coneix. Encara que la resta dels habitants desconeixien l'abast del nostres poders, tenien vagues nocions sobre pocions i rituals pagans, però més enllà d'això, no sabien gaire, i era la millor situació per a tots. L'idea de que Westwick Corners es convertís en l'equivalent a una ciutat universitària per a bruixes destrossaria el delicat equilibri de la nostra fràgil existència.

Seguim la política «no preguntis, no diguis». La resta dels habitants no pregunten i nosaltres no diem res. És millor així. Volia començar amb bon peu amb el nou xèrif, i estava segura de que fer gala dels nostres poders causaria l'efecte contrari. Vaig sospirar.

—Primer necessites una llicència d'apertura. De veritat la penses inscriure com a escola de màgia?

La tieta Pearl arrufà el front i canvià de tema.

—Els joves d'avui no sabeu apreciar el vostre llegat. Tu, per exemple, has abandonat els teus poders per a passar el temps en aquest cau.

—El *Westwick Corners Weekly* no és cap cau. Es un periòdic amb cent anys d'antiguitat.

Vaig observar amb exasperació el meu auster despatx. No podia renovar res fins que el periòdic no produís més beneficis amb la publicitat. I això no passaria sense un creixement de l'economia local.

—És una redacció, no una galeria d'art.

La tieta Pearl tenia un talent especial per a desprestigiar els meus èxits. M'havia deixat portar pel cor i no pel cap al pensar que podia rescatar el periòdic, però tampoc és que tingués gaires alternatives. El *Westwick Corners Weekly* no era *The New York Times*, però era meu, i sabia convertir els rumors en bones històries.

—Com vulguis. Però no puc garantir la seguretat dels teus visitants mortals. Els meus alumnes han de practicar amb persones reals.

—Açò ho vam acordar entre tots, tieta Pearl, tu també. —M'aterrava preguntar què volia dir amb allò de practicar amb persones, però no era el moment—. Queixa't tot el que vulguis, però necessitem els turistes. I dubto que ja tinguis alumnes matriculats.

—Què t'apostes? Tinc la classe quasi plena.

Probablement mentís, però no pensava arriscar-me.

—Et faig responsable de la seguretat y del benestar dels nostres hostes.

El meu futur es basava en el creixement i la prosperitat de Westwick Corners. Si no fos així, per què seguir aquí?

En Brayden Banks era una de les raons. El meu futur marit era l'alcalde, així que no podíem mudar-nos. Ens casàvem en dues setmanes i el meu futur estava completament planificat.

—I un rave.

La tieta Pearl donà mitja volta i marxà traient fum del meu despatx. Va tancar la porta de baix d'una portada i va desaparèixer cap al vestíbul. Tornà a aparèixer bruscament després d'uns segons i entrà de nou frenèticament al meu despatx.

La seguia de prop un home d'esquena ampla que devia tenir poc més de vint anys. Em vaig quedar bocabadada en reconèixer l'uniforme beis que accentuava la seva atlètica figura. El nou xerif no s'assemblava gens als seus predecessors de mitjana edat, calbs i amb ventres prominents. A jutjar per la seva manera de caminar, semblava que ja estava de servei.

—I ara què?

Tenia el pressentiment que aquella visita estava relacionada directament amb la meva tieta la delinqüent que estava en aquell moment enfront de mi, aguantant la respiració.

—Et proposo un tracte —va dir la tieta Pearl—. Tu m'ajudes amb el xèrif i a canvi et concedeixo una beca per a estudiar en l'Escola d'Encanteri Pearl.

—Ni parlar-ne. No hi ha tracte. I no penso matricular-me en la teva estúpida escola de màgia.

Tan prompte com vaig pronunciar aquelles paraules, em vaig penedir d'haver-ho fet. Per sort, el xèrif estava uns metre més enrere i no podia escoltar-nos. La tieta Pearl em va mirar de dalt a baix i va negar lentament amb el cap.

—Si la teva àvia pogués veure't s'avergonyiria de la teva actitud i la teva màgia oxidada. Si hi ha algú que necessiti l'Escola d'Encanteri ets tu, Cendrine.

Tècnicament, la meva àvia em podia veure, ja que quan volia es materialitzava com fantasma. Últimament, l'àvia Vi havia estat prou callada, ja que tenia els seus propis problemes. Estava disgustada perquè sa casa ancestral havia estat transformada en l'hostal Westwick Corners. Els canvis eren difícils per a tots.

—No necessito la teva escola. Tinc coses més importants per fer.

La tieta Pearl bufà.

—Què hi ha de més important que la màgia?

Els meus ulls es mogueren ràpidament cap al xèrif que s'apropava, però encara estava lluny. La tieta Pearl desconeixia les activitats de tots aquells que no fossin ella, com sempre.

—Salvar el poble, per exemple. Hem treballat molt per a impedir que es convertís en un poble fantasma.

—Què tenen de dolent els pobles fantasma? M'he cansat dels

intrusos. M'agradaria tenir una mica de pau i tranquil·litat per a variar. —Arronsà les espatlles.

La major part de l'agitació derivava directament de les accions de la tieta Pearl. La meitat de la població volia desterrar Pearl la piròmana, i sembla que el nou xerif també li tenia ganes.

—Tens alguna cosa a dir-me abans que arribi?

—No.

Un petit tic a l'ull dret em va donar a entendre que amagava alguna cosa. Bruixa o no, no hi havia màgia que pogués dissimular els seus enganys.

—Pobra de tu si el senyal de l'autovia no està intacte, tieta Pearl. Em vas prometre que no faries res d'il·legal.

—Jo no vaig prometre res així. I, encara que ho hagués fet, hauria creuat els dits. —Els seus braços prims es mogueren al agitar la mà en l'aire.

—En parlarem després. —Vaig posar els ulls en blanc.

—Interrompo alguna cosa?

El xèrif Gates era en la porta. Era difícil no mirar-lo. No és que no volgués. Els seus cabells obscurs i ondulats acariciaren el marc de la porta al passar per ella per a entrar al meu despatx. El meu cor es saltà un batec quan la meva mirada trobà els seus ulls del color de la xocolata. De sobte, Westwick Corners semblava no ser tan avorrida, després de tot. Em vaig quedar paralitzada pel seu encantador somrís. Li vaig donar la mà.

—Xèrif, moltes gràcies per venir a Westwick Corners.

—Digues-me Tyler. Aquest indret és massa petit per a tanta formalitat. —M'agafa la mà i la sacsejà. Vaig sentir un nus en la gola quan les nostres mirades es creuaren.

—Espero que li agradi el poble —vaig dir i em vaig ruboritzar mentre mirava descaradament l'home més bell que els meus ulls havien vist mai. El xèrif esquivà amb compte la tieta Pearl.

—Tenia planejat venir a presentar-me uns dies després, però ha passat una cosa —va dir mentre inclinava el cap cap a ma tia.

—Sí? —L'uniforme li marcava els músculs del pit cenyint-se als llocs més apropiats—. Si es tracta de la tieta Pearl a vegades pot ser una mica estrafolària. —Em va estirar de la mànega.

—No parleu de mi com si no fos aquí. —La tieta Pearl s'inclinà posicionant-se entre nosaltres—. D'això volia parlar-te. El xèrif...

Vaig tossir al inhalar l'*eau* de benzina de ma tia.

—No penso pagar-te la fiança aquesta vegada. Si has fet alguna cosa confessa-ho. —Em vaig dirigir cap a en Tyler—. Estic segura que podem arreglar-ho d'alguna manera.

Com a única periodista del poble volia tenir una bona relació laboral amb l'única autoritat. Sí. A més d'estar més bo que el pa, en Tyler Gates semblava prou normal. De fet, era massa normal per a Westwick Corners. Tindria més o menys la meva edat, a diferència dels seus predecessors que només venien al poble com a últim recurs quan ningú mes volia contractar-los. Però el fet que fos aquí volia dir que en Tyler Gates tenia gat amagat. Simplement, els seus defectes no eren visibles a primera vista. Em vaig girar cap a la meva tieta.

—Què has fet que no m'estàs contant?

—És el que he estat tractant de dir-te, Cen. Escoltar mai ha sigut un dels teus punts forts. —S'apropà encara més i xiuxiuejà—. He hagut d'usar una mica de màgia.

La vaig fulminar amb la mirada.

—Has hagut d'usar què?

El xèrif Gates arrufà la cella i s'inclinà sigil·losament.

—Aquesta part no l'he sentida.

Quasi se m'atura el cor. Havíem de guardar el secret.

—Un destral —vaig improvisar—. Ha usat un destral per tallar el senyal. És això el que m'havies dit, tieta?

Havia de ser el maleit senyal. No anava a deixar-ho estar. Arronsà les espatlles. Les comissures de la boca se li corbaren en un somrís divertit per la meva desafortunada invenció. El xèrif semblava confós.

—El senyal estava cremat, no tallat. No ho entenc.

Li vaig treure importància.

—La tieta Pearl es confon a vegades.

—No ho faig! —cridà la tieta Pearl—. Tinc les idees ben clares.

La vaig fulminar un altre cop amb els ulls i, al girar-me, li vaig oferir al xèrif un somrís amable.

—No ho tornarà a fer. Ho prometo.

La tieta Pearl va espetegar els dits en direcció al xèrif.

—Fer què? —Unes dècimes de segon més tard es va quedar congelat.

—Tieta Pearl! Desfés l'encanteri! —M'horroritzava la seva flagrant manca de respecte cap al nou xèrif—. Després dius de la meva màgia. El que tu fas és abús de poder!

La tieta Pearl parpellejà mentre esclafia els dits de nou dues vegades.

—Massa tard.

El xèrif trontollà lleugerament i recuperà l'equilibri quan encanteri es va desfer.

—Mai és massa tard per a la justícia —va dir fent l'ullet mentre arrufava el nas per la forta olor—. Crec que m'agradarà aquest lloc.

—De debò? —vam preguntar totes dues alhora.

—De segur que sí. —Va ficar la ma a la butxaca de la camisa i va treure un bloc de notes. Va escriure alguna cosa amb el bolígraf, va arrencar la fulla i li la va oferir a la Pearl—. Porto menys d'un dia i ja m'estic guanyant el sou.

El somrís de la tieta Pearl desaparegué quan llegí el paper. El deixà sobre la taula. Era una multa de cinc-cents dòlars per desordre públic.

El xèrif es prenia la seva feina seriosament.

M'agradava.

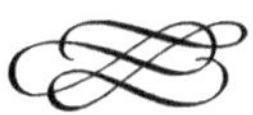

onduïa amb les finestres obertes gaudint de la suau brisa de tarda de finals d'estiu que suavitzava la calor.

L'estiu és la meva estació de l'any preferida, però també m'encanta la promesa de nous començaments que porta la tardor. El canvi d'estació que s'acostava augurava nous principis en més d'un sentit. La gran apertura de l'hostal Westwick Corners marcava el començament del nou negoci familiar, i dues setmanes després d'això, se celebraria el meu casament, cosa que suposaria un nou capítol de la meva vida.

En lloc d'emoció, el que sentia al meu pit era pesadesa. Tenia assumit que viuríem feliços i menjaríem anissos com tota la resta, però alguna cosa havia canviat uns mesos abans quan en Brayden es convertí en l'alcalde més jove de Westwick Corners. Les seves ambicions polítiques semblaven més importants que passar temps amb mi. Cancel·lava els nostres plans, un rere l'altre. No estava feta per a ser esposa d'un polític, però semblava massa tard per a canviar la situació.

Ni tan sols tenia ningú amb qui parlar-ho. Tots els meus amics havien marxat de la ciutat al acabar l'institut per a anar a la universitat o treballar en Seattle, o fins i tot més lluny. Bàsicament, a qualsevol indret que no fos l'avorrit Westwick Corners. En Brayden i jo érem els únics que quedàvem de la nostra promoció. La resta de la població estava casada i amb fills. Els pocs fadrins que quedaven eren pràctica-ment els meus familiars. A les bruixes no els agrada gaire el matri-moni, però això es una altra història.

Probablement jo també m'hagués traslladat si no hagués sigut per en Brayden. Vaig prendre la decisió lliurement, però trobava a faltar passar temps amb els meus amics. Almenys, a la majoria els veuria en unes setmanes al meu casament.

Vaig conduir pel sinuós camí envoltat d'arbres i vaig arribar al cim del turó. La nostra propietat rural s'assentava en un turó que donava a la vall. L'hostal Westwick Corners era l'antiga casa familiar, una mansió senyorial junt a un vinyet i un jardí formal. Igual que la resta del món, necessitàvem una manera de guanyar-nos la vida, així que havíem planejat convertir-la en un hostal per a mantenir-nos.

La renovada propietat serviria també com a indret per a celebrar el casament. En Brayden i jo intercanviaríem els vots en la glorieta del jardí. L'assaig d'aquell dia seria ràpid, solament per acontentar la perfeccionista de ma mare i demostrar que ens casaríem sense contratemps.

Vaig aparcar i vaig observar l'hostal Westwick Corners mentre em dirigia cap al jardí. L'edifici comptava amb dotze habitacions, les dues de la planta baixa eren privades perquè eren de la mare i de la tieta Pearl. Jo vivia en una casa de l'arbre en la part de darrere de la propietat.

Era una idíl·lica cabanya entre els arbres que va construir el meu avi per a la meva àvia fa més de mig segle. Potser soni a casa de joguines per a nens, però era un amagatall grandiós. Tenia noranta metres quadrats repartits en dos nivells, tant dintre com al voltant de l'enorme roure que la sostenia. Tenia el millor d'ambdós mons, prop de la meva excèntrica família, però no massa. M'entristia pensar que deixaria ma casa quan me'n anés a viure amb en Brayden després del casament.

Se'm va encongir el cor quan vaig entrar a l'aparcament i vaig notar que el BMW d'en Brayden brillava per la seva absència. La carretera que muntava pel turó cap a la nostra propietat estava completament buida. No es veia cap cotxe. Em molestava que en

Brayden no fos capaç d'arribar puntual ni a l'assaig del seu casament. Els seus retards ens feien perdre el temps als que érem puntuals, i m'enfadava haver d'estar sempre esperant-lo. A ma mare tampoc li faria gràcia haver de modificar l'horari que havia planejat per a un dia tan ocupat. Detestava haver d'inventar-me excuses per a justificar-lo, i temia que arribés tard també el dia del casament.

Potser estava sent injusta, perquè encara faltaven uns minuts per a l'hora acordada. Vaig travessar el jardí formal de roses inhalant la delicada essència que perfumava el camí cap a la glorieta. El jardí estava en plena floració, l'ambient perfecte per a la cerimònia.

L'exterior de la glorieta estava parcialment cobert amb exuberants varietats d'enfiladisses que s'enredaven al voltant dels pilars i proporcionaven ombra. Grans roses blanques es combinaven amb petites flors rosades en forma d'estrella, creant una preciosa catifa floral.

Vaig sentir les veus de la mare i de la tieta Pearl elevar-se des de la glorieta a mesura que m'apropava. La mare col·locava minuciosament una parra que s'havia afluixat mentre la tieta Pearl l'observava. Em va sorprendre veure ma tia, ja que no era de les que s'interessaven per les bodes i aquests tipus d'esdeveniments. Probablement, la mare l'hauria convençuda de venir només per a mantenir-la allunyada dels problemes.

La mare aixecà la vista i em saludà mentre m'apropava. Era de baixa estatura, al igual que la tieta Pearl, però aquí acabaven les semblances. La tieta Pearl era tot pell i ossos comparada amb la figura redoneta de la mare, resultat de provar el menjar dues o tres vegades sempre que cuinava. Aquell dia la mare semblava cansada de completar les infinites tasques de la seva llista. La inauguració de l'hostal, el meu casament i el seu perfeccionisme la portaven estressada.

—Crèiem que estaves en un embotellament.

Els embotellaments eren una cosa desconeguda a Westwick Corners. Aquell comentari simplement era la manera de la mare de renyar-me de manera indirecta per fer-la esperar. Mai deia les coses directament, menys encara les negatives. Reprimia les emocions i s'estressava en lloc d'expressar-les i arriscar-se a molestar algú. Era la seva manera d'evadir els problemes. Tanmateix, no era gaire efectiva, ja que el seu esforç per mantenir la tranquil·litat li provocava doloroses migranyes.

Al acostar-me em vaig adonar que la tieta Pearl tenia el front perlat de suor. Estaria tramant alguna cosa. No tenia clar de què es tractava, però tenia el pressentiment que no trigaria en descobrir-ho. Com si la pirotècnia amb la senyalització de la carretera no hagués causat prou problemes.

Vaig respirar profundament per buscar la meva calma interior. No reaccionaria davant de la tieta Pearl, fes el que fes. No li agradava que em casés amb l'alcalde, encara que en Brayden fos el meu xicot des de l'institut i el conegués de tota la vida. Des que es va convertir en representant la institució el feia responsable de qualsevol llei que no li agradés.

Es veia de lluny que acabaríem casats molt abans que m'ho proposés. Tots els de la nostra promoció havien marxat tan prompte com havien pogut, així que en Brayden era l'únic home fadrí no jubilat del poble. A més del nou xèrif, és clar, però en Tyler Gates no comptava. Se'n aniria en uns mesos, com tots els altres xèrifs abans d'ell.

La tieta Pearl i els representants de la llei no eren una bona combinació. Havia fet fora de la ciutat mitja dotzena de xèrifs per culpa de les seves entremaliadures. La seva màgia i els assumptes terbis de les autoritats havien resultat ser una catastròfica combinació per a l'ordre i la llei. Almenys fins al moment. Vaig recordar que una estona abans, el xèrif Tyler Gates li havia posat una multa. Els seus càlids ulls marrons no havien vacil·lat el més mínim. I mirar-lo era tot un plaer.

—Cendrine! —cridà la meva tieta—. Fes atenció!

Oh, oh. Seguia enfadada amb mi.

Vaig accelerar el pas.

—Què?

No havia fet res més que posicionar-me de part del xèrif al castigar els seus actes de pirotècnia. No aconseguia fer-la enfadar sovint, i he d'admetre que vaig sentir un mica de satisfacció.

—No tinc tot el dia. Au, va —engegà la tieta Pearl—. He de substituir al no gaire bon xicot teu. Els homes de veritat no deixen plantades les seves dones davant de l'altar. És un mal auguri. Sempre t'ho dic, però no em fas cas. Estàs millor sola.

—Només veus les parts dolentes, també té coses bones.

Encara que fos borda, la tieta Pearl tan sols volia el millor per a mi. Almenys això és el que em deia.

Arquejà les celles.

—No m'agraden les seves parts bones, les dolentes ni cap part d'ell. A cap de nosaltres. Es perd l'assaig del seu casament? De debò, Cen. Deixa'l ara que estàs a temps. —La mare s'arronsà d'espatlles darrere de la tieta Pearl—. Ruby, no és bon gendre.

—Pearl, estic segura que te una bona raó per fer tard. A més, és la Cen qui s'ha de casar amb ell, no tu.

La mare s'interposà entre nosaltres com un àrbitre en una baralla de boxa. No era fàcil fer de mediadora en una família de bruixes obstinades.

—En Brayden ja és part de la família, t'agradi o no. Té algunes qualitats meravelloses.

Com de costum, les paraules de la mare tingueren un efecte tranquil·litzador i callàrem totes dues. Vaig deixar anar un sospir d'alleujament. Encara que la meva tieta només pesés quaranta quilos i jo mes de cinquanta, em guanyava en astúcia, picardia i màgia. No tenia cap oportunitat contra ella.

—Acabem d'una vegada. Els primers convidats arribaran en menys d'una hora —va dir la mare enllaçant les mans nerviosament mentre ens dirigíem als graons de la glorieta.

—En Brayden m'ha trucat per a dir-me que la reunió s'ha allargat. Arribarà en uns minuts —vaig mentir perquè era més fàcil que dir la veritat.

—Tenim suplent. Que ocupi el seu lloc quan arribi —digué la mare.

—Qui? —vaig preguntar i vaig seguir la seva mirada cap a la meva malhumorada tieta—. Ah, no. No penso casar-me amb ella.

La mare li va treure importància amb la mà.

—És només un assaig, Cen.

—Per què assajar sense el nuvi? No té sentit.

—No tinc tot el dia, Cen. —La tieta Pearl va mirar el rellotge—. La

Ruby té raó. Tinc coses per fer i he d'anar a molts llocs. Vols els meus serveis o no?

No volia haver de ser la que cedís, però tenien raó. En Brayden hauria d'haver estat i no estava. Em vaig sentir patètica per inventar excuses per a disculpar-lo, però no volia que la tieta Pearl l'odiés més del que ja ho feia.

—Deixa de provocar problemes, Pearl. L'únic lloc on has d'anar és aquest, donant suport a la Cen en l'assaig —intervingué la mare.

Tècnicament, no era l'assaig, ja que no hi hauria festa i no estava el mestre de cerimònies. La mare havia insistit en fer un assaig de l'assaig. El fet que faltés el nuvi només afectava al seu perfeccionisme.

Jo també estava enfadada amb en Brayden. I què si era un assaig de l'assaig? Faltaven poques setmanes per al casament. És que no era digna de la seva presència? Detestava ser el segon plat per darrere de la seva agenda política i la seva ambició per ascendir.

—Als vostres llocs, noies.

La mare va fer una palmada mentre ascendia pels graons de la glorieta. La vaig seguir escales amunt. S'aturà al final de l'escala i ens va fer senyes perquè entréssim.

Quasi ni me'n adono. Tenia la mirada fixa en la carretera buida, preguntant-me on era en Brayden. Els instants següents foren una confusió, el meu peu xocà contra alguna cosa, vaig ensopegar i vau caure cap a enrere.

—Què dimonis...? —exclamà la tieta Pearl mentre queia sobre mi.

—No puc respirar!

Tenia quaranta quilos de pell i ossos pressionant-me el pit. Vaig empentar amb les mans per a lliurar-me del seu pes, però em vaig quedar clavada en terra.

—Déu meu! És mort! —cridà la mare—. Hi ha un cos a la glorieta!

Vaig rodar instintivament per a acabar trobant-me un cadàver ensangonat. Tenia el rostre d'un home mort a pocs centímetres del meu.

Vaig cridar i vaig rodar al costat contrari tan ràpid com vaig poder, colpejant-me contra la paret de la glorieta. Em vaig posar dempeus i vaig córrer cap al racó més allunyat, on s'havien refugiat la mare i la tieta Pearl. Totes tres observàrem l'escena que teníem davant dels ulls.

Un home obès jeia de panxa enlaire sobre el sòl de la glorieta. El seu rostre estava tan ensangonat que resultava irreconeixible. Un gran toll de sang tacava la seva roba i s'estenia des de sota del seu cos.

—Mare de Déu —ploriquejà la tieta Pearl i apartà la mirada. Un segon més tard va tornar a mirar—. No l'havia vist mai. No deu de ser de per aquí.

Em vaig quedar bocabadada quan el vaig reconèixer.

—És en Sebastien Plant de Travel Unraveled. El nostre convidat d'honor.

La tieta Pearl s'ajupí junt al cos per a buscar pols o respiració.

La mare va assentir lleument al adonar-se'n.

—Encara no havia enregistrat la seva arribada.

—Doncs acaba d'enregistrar-ne la sortida.

Vaig treure el mòbil de la butxaca i vaig marcar el número de xèrif. Necessitàvem ajuda urgentment.

CAPÍTOL 3

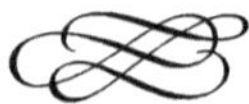

Deu minuts després esperàvem fora de la glorieta mentre el xèrif Tyler Gates inspeccionava l'escena del crim. Quan vaig tractar d'acceptar que en Sebastien Plant havia mort, em vaig adonar que, a més d'aquest hoste, prompte començarien a arribar els altres. Vaig fer una ullada al meu flagrant vestit de lli blanc tacat de sang. Em vaig estremir al pensar que uns instants abans havia estat tombada sobre un cadàver.

Em vaig apropar a les escales i vaig mirar cap a l'interior. El xèrif Gates caminava al voltant del cos amb aire pensatiu. Quan vaig obrir la boca per parlar el xèrif em va interrompre.

—El coneixies? —preguntà en Tyler Gates agenollant-se junt al cos de Sebastien Plant.

—No personalment. És en Sebastien Plant, un dels nostres convidats —vaig dir—. O anava a ser-ho, millor dit. Se suposava que anava a quedar-se aquí aquesta nit, però encara no s'havia enregistrat. És, o era, el multimilionari president executiu de Travel Unraveled, l'imperi global de viatges. L'havíem convidat per a la gran inauguració.

Vaig dirigir una mirada cap a la mare i la tieta Pearl que també s'havien apropat per veure millor. En Sebastien Plant jeia sobre l'esquena, la seva enorme panxa semblava una balena varada. La mare enfonsà el rostre entre les mans.

—Se'n ha anat tot a fer la mar. Ningú vindrà a allotjar-se aquí mai més. Quina salvació li queda al nostre negoci?

—Tranquil·la, —la Pearl apartà ràpidament la mirada del cos que jeia al sòl—, probablement li hagi agafat un atac al cor. Mira'l. Està clar que no es cuidava.

—I tota la sang? —vaig negar amb el cap—. No ha sigut cap atac al cor.

En Sebastien Plant patia obesitat mòrbida, però la sang que li manava del cap em va donar a entendre que la causa de la mort no era un estil de vida poc saludable.

—Com vols que em tranquil·litzi? —aconseguí dir la mare amb la veu trencada. S'agafà al meu braç en busca de suport—. Aquest pobre home a perdut la vida al nostre jardí.

—Trobarem l'assassí —assenyalà la tieta Pearl—. Però podeu oblidar-vos dels estúpids plans turístics. Ara ningú voldrà venir.

—Encara no sabem com ha mort.

A part de la ferida sagnant del cap, presentava arrapades en la cara i els braços. A jutjar per les seves ferides, havia patit diversos colps i havia intentat defendre's. Em vaig estremir en pensar que hi havia un assassí al nostre entorn.

La mort de Sebastien Plant era una tragèdia. I havia ocorregut en un moment molt poc oportú per a la inauguració de l'hostal Westwick Corners. Em vaig apartar de la glorieta.

—Donem-li espai al xèrif.

—Com mantindrem els hostes allunyats de la glorieta? —Els ulls de la mare anaren de mi a la glorieta mentre es fregava les mans.

—El xèrif tindrà un pla. De segur que ja vist abans aquest tipus de successos.

Successos com una escena del crim. Vaig tractar de no mostrar la meva pròpia preocupació. Aconseguir i perdre en una mateixa setmana l'atenció del multimilionari Sebastien Plant també havia provocat en mi una muntanya russa d'emocions. La tia Pearl aclucà els ulls.

—Qui és l'assassí? Hi ha més víctimes?

El xèrif Gates negà amb el cap al sortir del mirador.

—No em consta que hi hagi hagut més morts. No sabrem la causa oficial de la defunció fins que els tècnics analitzin l'escena i el forense faci l'autòpsia. He trucat a la policia de Shady Creek per demanar reforços.

Shady Creek estava a una hora. Es fundà als peus d'una muntanya farà uns vint anys i expandí ràpidament des que l'autopista fou desviada de Westwick Corners. A mesura que els nostres negocis s'encallaven, ens tornàvem cada vegada mes dependents de Shady Creek en àmbits com centres mèdics, tribunals i qualsevol cosa fora de l'abast dels serveis policials bàsics.

—Estàs fet tot un expert —ironitzà la tieta Pearl—. És clarament un assassinat.

Va parlar en veu baixa i plana, com si revelés una exclusiva.

El xèrif sospirà.

—No puc parlar de la causa de la mort, encara que és cert que és molt sospitós. No obstant això, el metge forense és l'únic que ens pot dir amb certesa què ha ocorregut, així que no arribem a conclusions precipitades.

Mentre el xèrif consolava la mare, vaig passar per darrere d'ell per a tornar a mirar cap a la glorieta. Una vegada superat el xoc inicial volia obtenir una millor vista.

El cos d'en Sebastien Plant jeia com un bodegó surrealista entre les decoracions florals nupcials i les clemàtides en flor que s'enredaven pels pilars i les baranes. El seu cap ferit i ensangonat semblava el resultat d'una horrible baralla de bar. Fos la que fos la causa de la mort, estava clar que no havia sigut una mort natural.

Un calfred em recorregué l'esquena. Em vaig espantar en descobrir la vareta de la tieta Pearl sobre el pit d'en Sebastien Plant. Li hauria caigut i l'hauria oblidada amb la confusió. Així i tot, mai havia vist la tieta Pearl oblidar res, especialment la vareta de la que mai se separava.

No calia ser cap geni per veure que la mort d'en Sebastien Plant havia estat el resultat d'una ferida per impacte d'un objecte contundent. La vareta de la tieta Pearl sobre el seu pit semblava sospitosa. Per què no l'havia agafada?

Era una prova inculpatòria, però explicable. Probablement, se li hauria relliscat de les mans quan va ensopegar i va caure. No recordava haver-li-la vist al arribar a la glorieta, encara que suposo que la tindria guardada. Tot havia passat tan ràpid que tenia la memòria borrosa.

Em preocupava més que la tieta Pearl decidís explicar què era, cosa que seria molt pitjor. El nou xèrif era aliè a la nostra part sobrenatural. I el millor per a tots era que continués així.

Vaig fer una ullada a la tieta Pearl que va desviar la mirada ràpidament. Semblava no preocupar-li que la seva vareta descansés sobre el tors del mort. En qualsevol cas, era massa tard per a recuperar-la. Vaig tornar a mirar la vareta i vaig adonar-me per primera vegada que tenia un extrem ensangonat. El xèrif també ho va veure just quan vaig passar junt a ell.

—Mantinguin-se allunyades —va dir el xèrif Tyler Gates—. No podem contaminar l'escena del crim.

Una cosa blanca em va cridar l'atenció.

—Què és això? —vaig assenyalar un paper minuciosament doblat junt al cos—. Sembla que l'assassí ha deixat una nota.

El xèrif passà pel meu costat per tornar a entrar a la glorieta. S'agenollà junt al cos, agafà la nota amb unes pinces i la desplegà amb compte.

El vaig seguir per veure millor, muntant les escales lentament per no cridar l'atenció. Em vaig quedar a l'entrada i el vaig observar desenrotllar la nota amb la goma d'un llapis. Va prendre cura de tocar només les vores, tot i que portava guants. Em vaig apropar i em vaig ajupir junt al cos per a mirar més de prop.

—Potser l'assassí només volia espantar-lo, no matar-lo.

—No deuries de fer això —em va renyar el xèrif apartant-me—. Contaminaràs l'escena.

—Crec que ja ho he fet —em vaig estremir de nou al pensar que només uns minuts abans havia estat tombada sobre el cadàver de l'hoste—. No llegeixes la nota?

Em moria de ganes per saber què deia. Vaig inclinar el cap a un costat i vaig llegir el missatge en silenci. Estava tot escrit en majúscules dibuixades amb un retolador negre de punta fina. La lletra era rodona i simètrica, com un quadren de cal·ligrafia infantil. El missatge era tan clar com la lletra:

A INDRETS LLUNYANS HAS ANAT,
    però hauries d'haver-te amagat,
    feies negoci amb Travel Unravelled,
    però aquí per a tu no tenim hostalatge.

NO VOLEM LA TEVA EMPRESA,
    tampoc que provis la nostra cervesa.

DE WESTWICK CORNERS ESCAPA,
    mentre puguis, torna a casa.

MANTÉN-TE ALLUNYAT DE LA CIUTAT,
    o quedaràs atrapat,
    i mai la Terra tornaràs a xafar.

—UN POEMA. —La Pearl es col·locà al meu costat—. I un de bo, si m'ho permets.

No era gaire comú que la tieta Pearl elogiés algú. Encara que pel ritme semblés que tenia un to alegre, el missatge no ho era. El poema era una amenaça directa a en Sebastien Plant i la seva empresa Travel Unraveled.

—Per què enviar una advertència a una víctima ja assassinada? —No podia pensar que un dels vilatans fos capaç d'assassinar, a més, ningú a més de la meva família més propera sabia qui eren els nostres convidats—. Hi ha més formes de treure la gent de la ciutat.

—Això he sentit —contestà el xèrif posant-se dempeus i mirant directament la tieta Pearl que s'havia apropat per veure millor—. S'han d'apartar. Fora de l'escena del crim.

—No està precintada per la policia —puntualitzà la tieta Pearl.

—Tota la glorieta és una escena del crim. I ara apartin-se abans de contaminar les proves. —En Tyler Gates sospirà, tornà a doblar amb compte el paper i el ficà en una bossa de plàstic.

—Però érem aquí abans —protestà la tieta Pearl col·locant-se els mans a la cintura—. Segur que sap què fa, xèrif?

Li vaig posar una mà al muscle i la vaig guiar cap a les escales. Li vaig pressionar el muscle i li vaig xiuxiuejar:

—Pots parar si us plau? Estàs causant una primera impressió terrible.

—I què? Se'n haurà anat en un mes. Els turistes tampoc no tornaran. Almenys traurem una cosa de bona de tot açò —murmurà alguna cosa més en veu baixa però no vaig aconseguir escoltar-la.

Vaig acompanyar la tieta Pearl per les escales fins al jardí.

—Assassinar els hostes és una mesura extrema per a aturar el turisme, però en Sebastien Plant és famós. Potser que fins i tot atregui més visitants.

—No siguis ridícula. —Obrí els ulls com a plats—. Ningú voldrà tornar aquí. És perillós.

—L'assassinat d'en Plant generarà tones de publicitat, tieta Pearl. La glorieta podria fins i tot convertir-se en seu de rituals. En Sebastien Plant és, o era, una celebritat. Els seus seguidors més entusiastes podrien fer un pelegrinatge fins al seu lloc de descans.

En Plant era molt conegut, havia produït sèries de televisió, revistes i videoclips. Ni tan sols jo em creia les meves paraules, però, potser, la tieta Pearl ho fes. Estava usant la psicologia inversa per a tractar de fer-la canviar d'opinió.

—El cos encara està calent i tu ja estàs pensant en explotar-lo per traure beneficis? —bufà la tieta Pearl—. Tens el cor de gel, Cendrine.

—Westwick Corners no és Graceland, però la publicitat del nostre convidat especial pot ser més útil amb ell mort que viu. D'una forma o d'una altra, farà que es parli de Westwick Corners. —Vaig mirar directament la tieta Pearl—. No se t'ha oblidat la vareta a la glorieta?

Arrufà el front però no digué res. Els seus ulls es trobaren amb els meus durant un instant abans que fes mitja volta i fingís no haver-me escoltat.

El xèrif Gates descendí les escales i es reuní amb nosaltres a l'exterior.

—No vull que parleu del que haveu vist allí —ordenà assenyalant cap a la glorieta—. Especialment de la nota i de l'arma del crim.

El xèrif creia que l'arma del crim era la vareta de la tieta Pearl? No pintava gens bé. El seu bell rostre no delatava cap emoció. Vaig suposar que seria part de la impassibilitat que exigeix ser una figura d'autoritat. No podia evitar preguntar-me si ja s'estaria penedint d'haver vingut a Westwick Corners. Com a únic xèrif, estaria molt ocupat.

—És possible que hagi sigut un accident —va dir la tieta Pearl—. Això explicaria la nota. Ningú amenaça algú i el mata a l'instant. No té sentit.

—Potser la nota sigui una advertència per a la seva dona —afegí la mare—. La Tonya Plant també forma part de Travel Unraveled. L'assassí volia que marxaren tots dos.

El xèrif Gates assentí.

—L'assassí podria ser algú de poble que no volgués aquí els Plant. Parlant d'ells, on és la seva dona?

Em vaig arronsar d'espatlles.

—Ni idea. No sabíem ni que havien arribat. Encara no s'han registrat.

La gran inauguració oficial era aquell mateix dia, així que els primers convidats haurien d'estar a punt d'arribar.

—Qui podria fer una cosa així?

Els ulls de ma mare s'obriren de par en par en veure per primera vegada el meu vestit tacat de sang.

—La majoria dels habitants estan a favor del turisme, però no tots. Així i tot, cap d'ells és capaç d'assassinar.

Vaig renyar la tieta Pearl amb la mirada.

—La gent es comporta de manera extrema quan se sent amenaçada. —El xèrif Gates s'aixecà i assenyalà cap a l'hostal—. Deurien tornar dintre. Però no surten de la propietat, vull interrogar-les una per una en quant deixi la glorieta en mans de la policia científica.

—Encara no ho entenc —digué la tieta Pearl—. Per que amenaçar en Plant quan ja és mort?

Un calfred em corregué per l'esquena. La vareta, la nota i tota la resta apuntaven directament a la meva estrafolària tieta. Si per a mi era obvi, també ho seria per al xèrif.

Vaig prendre una nota mental per recordar-me de preguntar-li a la mare sobre el parador de Pearl abans d'anar a la glorieta. Sabia que no era capaç d'assassinar, però sí que era ben capaç de crear problemes. No li havia causat el que es diu una bona primera impressió al xèrif, així que, com més sabérem abans que la interrogués, millor. La investigació podia encaminar-se fàcilment en una direcció incorrecta per culpa dels seus comentaris mordaços. Necessitàvem una estratègia.

Vaig seguir la mare i la tieta Pearl. Mentre travessàvem el jardí, vaig fer una ullada cap a l'aparcament. Seguia sense haver-hi senyals dels reforços policials de Shady Creek als quals havia trucat el xèrif. Probablement, quan arribessin i acabessin de processar l'escena del crim, seria hora de sopar. Com encara era prompte, havíem de pensar un pla per amagar l'escena del crim. També havíem de mantenir els hostes lluny del jardí.

Em vaig girar cap a la mare.

—La idea de tenir un assassí al nostre entorn és realment esgarrifosa. Per què voldria algú espantar els visitants de la ciutat?

La tieta Pearl tossí.

—He d'anar-me'n.

S'allunyà de nosaltres i es dirigí enèrgicament cap a l'hostal. Desaparegué per la porta del soterrani. La mare obrí els ulls com a plats.

—Val més que la segueixi.

Vaig tornar a mirar cap a la glorieta on el xèrif Gates seguia dempeus amb els braços creuats. Girà el cap i vaig seguir la seva mirada a través del jardí. Arrufà el front quan va veure la meva tieta augmentar la velocitat.

El fet que hagués deixat enrere la seva vareta em tenia preocupada. A ella ni tan sols semblava importar-li, encara que mai anava enlloc sense ella. Anava més ràpid del que havia vist mai caminar ningú, gràcies a l'abús de la màgia, sense cap dubte. No s'assemblava en res a la fràgil velleta que tractava d'aparentar en el poble. Irradiava problemes per tots els costats.

Vaig comprovar el rellotge i em va sorprendre veure que havia passat més d'una hora des que havia arribat a la glorieta. Seguia sense haver-hi senyals d'en Brayden. No sé si se'n hauria assabentat de l'assassinat d'en Plant o si se'n hauria oblidat totalment de l'assaig que teníem tots tres. Fos per la raó que fos, el meu futur marit no es molestà en aparèixer ni per a assajar el casament ni per a donar-me suport.

CAPÍTOL 4

—Espera, no te'n vagis encara —la profunda veu del xèrif Tyler Gates va trencar el silenci.

Se m'aturà el cor quan vaig aixecar la mirada i em vaig trobar amb els seus dolços ulls marrons. Durant un instant se m'accelerà el pols i vaig oblidar que estava en una escena del crim.

Em vaig enrojolar i vaig sentir la seva mirada sobre mi. En què estava pensant?

Vaig donar mitja volta i vaig tornar lentament cap a la glorieta. El vaig seguir a l'interior.

Va assenyalar en direcció al cos d'en Plant.

—Ho havies vist abans, oi?

L'esbalaïment se'm degui reflectir al rostre. Vaig assentir lentament, encara no entenia perquè la vareta de la tia Pearl estava en la glorieta en primer lloc. Sabia que l'havia oblidada, ja que mai la perdia de vista. Vaig recordar la seva precipitada marxa. Semblava que fugia d'alguna cosa.

Però això no era el que més em preocupava. La part superior de l'estrella de cinc puntes de filigrana estava tacada amb sang seca. El xèrif il·luminà la vareta amb la seva llanterna, cosa completament innecessària, ja que a eixes hores de la tarda el sol donava de ple a la glorieta. Les taques de sang eren clarament visibles.

—És de la tieta Pearl —vaig dir mirant cap a l'hostal.

—Què és? Sembla una guia de cortina.

La veritat és que l'estrella a l'extrem de la vareta semblava un dels acabaments elaborats que es venien en Walmart, però la vareta de la tieta Pearl era molt més perillosa que una simple guia. Encara més que de costum, ja que semblava haver estat utilitzada per a un crim.

—És la seva... el seu bastó.

Vaig obrir la boca, però no vaig ser capaç de pronunciar paraula. Havia d'haver una explicació lògica, encara que la tieta Pearl desafiava les lleis de la lògica. Necessitava parlar amb ella abans de que ho fes el xèrif. Sé que no semblava molt ètic, però havíem d'amagar la nostra màgia a qualsevol preu, o prompte un altre xèrif abandonaria la ciutat. Alguna cosa em deia que la tieta Pearl estava a punt de creuar una línia que canviaria les coses per sempre.

La nostra màgia havia de mantenir-se en secret. Era essencial per a la nostra convivència a Westwick Corners. La tieta Pearl ho sabia, evidentment, però tenia la tendència d'actuar primer i cobrir els seus rastres després.

—Sembla molt àgil. Clarament, no necessita cap bastó —digué. Vam veure la tieta Pearl i la mare entrar ràpidament per la porta de la cuina de l'hostal i desaparèixer a l'interior—. La Pearl es movia molt be tota sola quan anàvem cap a la carretera aquest matí. —En Tyler Gates arrufà el front—. He hagut de córrer per a atrapar-la. No sembla que necessiti res per recolzar-se.

—Pateix brots ocasionals de reumatisme.

—De debò? —m'analitzà amb els ulls marrons—. Jo la veig molt àgil.

Vaig assentir. Odiava mentir, però no tenia elecció fins que no descobrís exactament com havia acabat aquí la vareta. Mai la perdia de vista. Havia tornat a l'escena del crim per recuperar-la? Implicaria que sabia que era allí. Encara que això no la convertís en assassina, tampoc explicava la presència de sang en la seva vareta.

Vaig recordar l'escena. El cap i el rostre d'en Sebastien Plant estaven tan coberts de sang que era difícil establir la gravetat de la ferida. Costava imaginar que la vareta de ma tia pogués causar tant mal. Em vaig estremir en recordar la cara ensangonada.

—No crec que la seva var…, vull dir, el seu bastó fos capaç d'infringir una ferida així, i menys matar algú.

—Et sorprendria el que la gent és capaç de fer en la tensió del moment. —Tanmateix, no semblava molt convençut.

—La tieta Pearl és una mica irascible, però no és cap assassina. No pots pensar que…

—No importa el que jo pensi. El metge forense determinarà la causa de la mort. No serveix de res especular fins que no tinguem resultats.

—Però ha d'haver-hi una explicació lògica.

Va fer un gest amb la mà per treure importància.

—Només tinc una pregunta. Què feia el bastó de la Pearl sobre el cos d'en Sebastien Plant?

Vaig arrufar el front.

—La tieta Pearl i jo caiguérem sobre el seu cos.

El meu comentari implicava que estava subjectant la vareta quan caiguérem sobre en Plant. Me l'hauria estacat si l'hagués tingut. No volia influir en la investigació de l'assassinat, però tampoc volia incriminar la meva tieta.

—No pots creure que la tieta Pearl hagi tingut alguna cosa a veure.

—Crec el que els fets em demostren. I de moment assenyalen la Pearl. Almenys fins que respongui les meves preguntes.

El rostre del xèrif Gates es mantenia inexpressiu, no sabria dir si parlava seriosament o no. Vaig recordar el que havia comentat la meva tieta abans sobre que el xèrif era un corrupte. No va donar cap motiu, però, i si hi havia una part de veritat? Si volia resoldre el cas ràpidament podia culpar-la. No atrèiem els millors candidats a policia, així que potser hi hagués algun problema en ell. Perquè algú que volgués mudar-se a Westwick Corners no podia ser tan sant com pintava. O amagava alguna cosa del seu passat o intentava fugir d'algú. Vaig assenyalar la vareta de la tieta Pearl.

—L'acabament no és prou afilat com per a obrir una ferida, i menys encara per matar algú. Em semblava bastant inofensiva.

La realitat era totalment oposada, estava plena de màgia. En les mans equivocades era mortalment perillosa. Però el xèrif no sabia que érem bruixes, i jo no pensava dir-li-jo.

Al mirar de nou la vareta, vaig tenir una epifania. La tieta Pearl no podia haver matat en Sebastien Plant. Vaig recordar que uns mesos abans es va fer un tall al dit i es va desmaiar. A la dura de la Pearl li feia una por espantosa la sang.

Hi havia una cosa ben certa. No sabia com ni per què, però algú era el responsable de la sang de la vareta de la tieta Pearl.

I estava disposada a remoure cel i terra per trobar-lo.

CAPÍTOL 5

$\mathcal{E}$m vaig dirigir cap a la cuina, on la mare mirava espantada la tieta Pearl mentre ella sacsejava una lletuga, (literalment) per a sopar. Almenys per una vegada estava usant la màgia per a alguna cosa constructiva, encara em va sorprendre el desastre que havia provocat en uns minuts.

Vaig agafar un tros de lletuga que volava pels aires i el vaig deixar al mostrador.

—Hem de parlar.

—Estic ocupada, Cen. Hauràs d'esperar. —Va espetegar els dits i va tallar en juliana una safata de pastanagues.

—No et falta alguna cosa?

—Mmmm... pastanaga, tomaca, lletuga... crec que no.

—Parlo de la teva vareta. Per què l'has deixada a la glorieta?

Se la veia totalment despreocupada, tenint en compte que mai se separava d'ella.

—Ara no tinc temps per parlar. Hem de preparar el sopar per als nostres convidats.

La tieta Pearl es plantà al bell mig de l'enorme cuina professional. L'acer inoxidable que lluïa uns minuts abans, estava esquitxat de gotes d'aigua i fragments de verdures. La cuina era l'única part de la casa que havíem renovat íntegrament. Havíem invertit milers i era l'orgull de la mare. Encara que en aquell moment era un desastre monumental.

L'impecable cuina de la mare s'havia convertit en un enorme plat combinat. Els plats s'acumulaven al taulell i el fregador estava ple de perols bruts. L'olor a cremat impregnava l'aire. Aquest era un dels problemes de la màgia. En pocs minuts creava el caos. O la màgia de la tieta Pearl havia embogit o havia trobat un mode per desfogar-se.

—Fa tan sols un minuts volies que se'n anessin tots els convidats —vaig dir.

—Bé, ara són aquí. Hem d'alimentar-los.

La tieta Pearl s'eixugà el front amb l'avantbraç brut de farina. La mare va fer un pas endavant i la va mirar amb exasperació.

—Ja ho tenia tot preparat, Pearl. L'únic que has fet ha sigut crear un desastre.

—M'ha semblat que no hi havia prou menjar, així que n'he fet més.

La tieta va fer petarrells propis d'una nena a la que acaben de renyar.

—Fes-te càrrec del menjar i jo m'ocupo de la tieta Pearl —li vaig indicar a la mare.

—Ningú s'ha «d'ocupar» de mi, Cendrine. I molt menys tu.

—Escolta'm bé, tieta Pearl. En Sebastien Plant acaba de ser assassinat. I tenia la teva vareta sobre el pit. Com ha anat a parar allà?

La Pearl es va quedar bocabadada.

—Així que és allí on estava.

—No et facis la ximpleta amb mi. L'has vista a la glorieta igual que jo. Per què l'has deixada allà?

—No he estat jo! Me l'han robada. —Va aixecar els braços en l'aire —. I no podia agafar res de l'escena del crim i deixar empremtes per tot arreu. Podrien culpar-me!

—És la teva vareta. Ja té les teves empremtes.

—No penso quedar-me aquí mentre m'acuses.

La tieta Pearl s'arrencà el davantal i el llençà pels aires. Aterrà just a sobre de la graella i començà a fumejar quan ella va sortir per la porta donant un colp. Vaig agafar el davantal i el vaig llençar a terra. El vaig xafigar per a apagar-lo abans de sortir corrents darrere d'ella.

—Espera, tieta Pearl! Ningú t'acusa de res. Només necessitem saber el que ha passat realment per a no exposar-nos.

Tenia l'esperança que aquesta vegada no s'inventés una altra de les seves desbaratades històries. Només volia la veritat. Per què no em contestava?

—Cen, seré moltes coses, però no sóc cap exhibicionista.

La vaig mirar amb escepticisme.

—Ja saps a què em refereixo. No poden descobrir que som bruixes, i menys en el marc d'una investigació d'assassinat.

—Però no entenc que hi té a veure la meva vareta. No sóc una assassina —ploriquejà i parpellejà per a retenir les llàgrimes imaginàries.

—Ho sabem, Pearl —va dir la mare—. Però la investigació podria desviar-se si no encaminem el xèrif. Com més temps passi mirant-te, menys temps tindrà per a trobar al veritable culpable. I mentrestant, hi ha un assassí lliure. Com més prompte agafin l'assassí, millor per a tots.

Aquesta conclusió semblà amainar la tieta Pearl.

—La veritat és que el xèrif me la te jurada. No vull que em culpin.

En aquell moment em vaig adonar de la sort que teníem per viure en un poble tan petit. El xèrif estava tot sol, no podia separar-nos per a interrogar-nos. Teníem una oportunitat d'or per posar-nos d'acord en les nostres històries abans que arribessin reforços des de Shady Creek. Sonava a el tipus de coses que farien els delinqüents, però era essencial que la nostra màgia es mantingués en secret.

—Doncs ajuda'ns —suplicà la mare—. Digues tot el que saps, el que vagis a contar-li al xèrif Gates.

—No hi ha gaire per contar a part que l'hem trobat a la glorieta. — La seva mirada es creuà amb la meva i va assentir en direcció a la mare—. La Ruby i jo hem anat juntes caminant cap allà uns minuts abans de la teva arribada, Cen. Ja li ho he dit al xèrif.

No l'havia vista parlant amb el xèrif, però probablement era perquè havia estat massa nerviosa per a donar-me'n.

—T'ha preguntat alguna cosa més?

Va negar amb el cap.

—Ha dit que potser tindria més preguntes per fer-me després. Coses de xèrifs. Ni tan sols m'ha demanat una prova d'ADN.

—Gràcies a Déu —digué la mare—. De segur que té alguna pista. Qui voldria acabar amb la millor oportunitat que el turisme del nostre poble ha vist mai?

Estava bastant convençuda que el xèrif encara no tenia cap sospitós. Ni tan sols bruixes de cabells del color de l'argent. La tieta Pearl gargamellejà.

—No imagino ningú capaç de fer-ho.

Vaig repassar mentalment la llista de vilatans problemàtics. No hi havia gaires delictes al nostre poble, i menys amb violència de per mig. Totes les proves assenyalaven la persona que tenia al costat. La tieta Pearl era la més polèmica de tots. Era capaç de moltes coses, però matar no n'era una. La meva tieta va endevinar els meus pensaments.

—Clarament no. Encara que he d'admetre no se m'acut una millor manera d'allunyar els turistes que acabant amb les seves vides.

—Pearl! —la renyà la mare—. No diguis aquestes coses. No sigui que algú t'escolti i mal interpreti les teves paraules.

—Per que pensarien que jo voldria matar-lo? Ni tan sols el conec.

—La gent sol treure conclusions precipitades —digué la mare arronsant-se d'espatlles—. Mentre tinguis una coartada no has de preocupar-te de res. Algú podrà corroborar el teu parador, oi?

Em vaig girar cap a la mare.

—No estàveu juntes?

—Crec que serà millor que la Pearl parli per ella mateixa —contestà amb la veu trencada.

Això volia dir problemes. La mare mai la deixava parlar si podia evitar-ho.

—Me n'he d'anar.

La tieta Pearl va fer mitja volta i va sortir per la porta de darrere abans de que la mare i jo tinguessin temps de dir res. La mare sospirà.

—Aquesta no és ella, Cen. M'aterra pensar què podria fer. Quan se li fica alguna cosa al cap no hi ha qui l'aturi.

A mi també m'espantava la croada de la tieta Pearl contra el turisme. Sia havia arribat massa lluny, sia algú l'estava inculpant. Però qui faria una cosa així?

CAPÍTOL 6

a tieta Pearl tornà tan prompte com havia marxat, però no va donar cap explicació de la seva sobtada partida. M'observà en silenci mentre netejava les restes de lletuga i la mare repartia l'amanida en bols de vidre per a treure a la taula. Gràcies a la tieta Pearl, teníem suficients fulles per a alimentar una granja de conills durant un any.

—Vaig dalt a netejar —digué la tieta Pearl girant-se sobre els talons i dirigint-se cap a la porta.

—Ara? —la mare la mirà fixament i intercanviàrem una mirada preocupada.

La tieta Pearl la va ignorar i donà un cop de porta en sortir.

La meva intuïció em va dir que no era bona idea que la tieta Pearl muntés tota sola, així que la va seguir des d'una distància prudent perquè no s'adonés de la meva presència. Muntà per l'escala de roure que portava a la segona i tercera planta d'una habitació.

Vaig esperar que arribés al segon pis abans de començar a muntar. Un graó va cruixir i vaig témer que em descobrís, però no va fer senyes d'haver-ho sentit. Vaig arribar a la segona planta i la vaig seguir, mantenint les distàncies, pel passadís. S'aturà davant de l'habitació de la Tonya Plant al final del passadís i tragué un clauer gegant de la butxaca.

Havia deixat el carret fora de l'habitació, així que dubtava que la neteja entrés als seus plans. Havia d'aturar-la abans que es fiqués en més problemes.

—Tieta Pearl, què fas? —vaig tractar de xiuxiuejar encara que va semblar que gargamellejava.

—Netejar l'habitació de la Tonya, evidentment. —Es girà cap a mi —. Per cert, ets una detectiu dolentíssima. Sabia que em seguies des del començament.

Vaig decidir ignorar l'insult.

—Per què hauries de netejar l'habitació dels Plant? Acaben d'arribar.

I el pobre Sebastien Plant ja ens havia abandonat.

La tieta Pearl va inclinar el cap.

—No, s'han registrat aquest matí.

La confessió em va agafar per sorpresa.

—Per què no li ho has dit al xèrif? No has corregit la mare quan ha dit que encara no s'havien registrat.

S'arronsà d'espatlles.

—No és per tant. Des de quan et preocupes pels sentiments dels altres?

Estava mentint i jo ho sabia.

—Estàs encobrint-te.

—D'acord, potser una mica. Vaig oblidar omplir els papers de l'arribada i no volia que la Ruby s'enfadés amb mi. Els Plant han arribat a la una del migdia. En Sebastien estava tan begut que a penes podia sostenir-se en peu, així que els he donat l'habitació de seguida. Els he registrat jo.

El clauer de la tieta Pearl sonà mentre obria la porta de la Tonya Plant. Va treure un parell de guants de làtex del carret i es va cruixir els canells per posar-se'ls.

—Hauries d'haver dit alguna cosa. De segur que si el xèrif ho hagués sabut hauria inspeccionat l'habitació. Podria ser l'escena del crim. Espera aquí que vaig a cercar-lo.

—Tranquil·la, Cendrine. El xèrif Gates encara no ha dir res d'escena del crim i no ho farà tret que l'ajudem a trobar proves. Ell tot sol no ho descobrirà, i això significa que no comprovarà l'habitació a temps. Depèn de nosaltres. —Em va llençar un parell de guants—. Fica-te'ls. No tenim tot el dia.

—No, espera. —Em feia una por terrible pensar en la tieta Pearl i en una escena del crim en la mateixa frase. Hi havia tantes coses que podien sortir malament—. Açò és un error. Has de deixar de fer justícia pel teu compte.

—Deixa de ploriquejat i posa't a treballar. Buida la paperera.

La tieta Pearl m'agafà el braç i m'empentà dintre de l'habitació. Vaig protestar pel dolor, però vaig acabar fent el que m'havia dit. No tenia elecció. Se sentien les veus dels hostes apropant-se. No podien sentir-nos discutir.

—No és bona idea.

Em vaig posar els guants i vaig mirar per tota l'habitació. Semblava que no havien tocat res apart del llit desfet, en el qual no semblava que haguessin dormit gaire. L'equipatge de la parella estava sense obrir a l'armari.

Hi havia un got amb refresc de llimona, claus de cotxe i una cartera en la tauleta de nit, i una bossa buida de Walmart a l'escriptori. Tret d'això, l'habitació estava totalment ordenada.

No hi havia res en l'habitació que indiqués que un dels seus ocupants havia faltat. L'única cosa que em mosquejava era que la paperera estigués plena, ja que acabaven d'arribar. La vaig buidar en una enorme bossa de brossa negra. A més de mocadors, la paperera contenia mitja ampolla de refresc de llimona i una garrafa. Vaig nugar la bossa i vaig decidir guardar-la separada de la resta de deixalles per si el xèrif volia fer-li una ullada més tard.

La tieta Pearl em cridà fent senyes.

—Mira què he trobat —assenyalà l'escriptori amb expressió consternada.

Vaig rodejar el llit per veure què era el que mirava i quasi li havia produït un atac.

La meva sensació de culpabilitat per haver entrat a l'habitació de la Tonya Plant s'esvaí en veure els plans de desenvolupament i l'estudi de factibilitat que tenia sobre l'escriptori. Vaig reconèixer el logotip de Centralex Development.. Centralex era el major desenvolupador de propietats comercials de Pacífic Nord-oest. Al costat dels plans havia representacions arquitectòniques d'un enorme ressort, hotel i centre de conferències. En un gravat xilogràfic es podia llegir «Westwick Ressort», així que no quedava cap dubte d'on tenien pensat construir el projecte.

Les fotografies aèries i els diagrames eren clarament de la nostra propietat. La representació arquitectònica mostrava un edifici de vint plantes amb piscines, camp de golf i jardins. L'hostal Westwick Corners no es veia enlloc.

—Em creus ara?

Vaig assentir, atordida per la sorpresa. Algú havia invertit temps i diners desenvolupant uns plans que semblaven voler esborrar del mapa el nostre històric hostal. Estaven tan segurs del projecte que havien contractat arquitectes que devien d'haver costat milers de dòlars, i encara no havien parlar amb nosaltres, les propietàries del terreny. Semblava un gran risc. A més, no semblava gaire intel·ligent allotjar-se aquí mentre planejaven estafar-nos.

En aquell moment em vaig penedir d'haver-los convidat. El decés Sebastien Plant ara em semblava més un enemic que un amic. Em preguntava quan tenia planejat passar a l'acció. El seu assassinat prenia una nova dimensió una vegada descoberta la veritable raó per la qual havia vingut a Westwick Corners. Em vaig estremir en pensar que estàvem connectats, encara que fos tènuement, en els seus últims moments a la terra.

—El progrés és una arma de doble tall —digué la tieta Pearl—. A vegades és millor ser invisible i ignorat.

Era la primera vegada en tot el dia que estàvem d'acord en alguna cosa.

—Anem a veure el xèrif.

Unes setmanes abans ni tan sols érem capaços de trobar hostes que volguessin pagar per quedar-se aquí. Ara, els nostres convidats estaven a punt de robar-nos el negoci. Li tenien tantes ganes a la nostra propietat com per a matar?

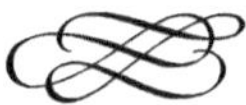

l xèrif Gates va deixar l'habitació de la Tonya en mans dels experts perquè busquessin indicis, cosa que no li agradà gaire a la senyora Plant. Estava enfadada per no poder tornar a la seva habitació. L'hostal estava ple, així que no poguérem oferir-li altra habitació durant les poques hores que trigaren els investigadors en registrar la seva. L'única opció que li quedava era esperar al menjador.

Li vaig entregar la bossa de brossa de l'habitació de la Tonya al xèrif, i aquest l'entregà als experts perquè la processessin.

Vaig desitjar haver ignorat les ordres de la tieta Pearl i haver-li trucat al xèrif immediatament. Amb guants o sense ells, tot el que havíem tocat en l'habitació dels Plant s'havia convertit en una prova potencial.

Almenys els plans de Centralex havien deixat de ser un secret. La Tonya ja no podria fingir gaudir de la seva estància amb nosaltres mentre tramava enderrocar l'hostal. La seva mentida no semblava pertorbar-la. Aparentment, res ho feia.

Va seure al menjador amb una porció exageradament gran de pastis de xocolata i una copa de vi roig. No se la veia gaire afectada, tenint en compte el recent decés del seu marit.

El xèrif li va prometre que li tornaria l'habitació poc després de sopar, encara que a mi l'espera se'm va fer llarga. Almenys no hauria de veure-li la cara i fingir amabilitat. Pel que a mi respectava, com més prompte se'n anés, millor.

El xèrif va convertir temporalment una petita estança davant de la recepció en una sala d'interrogatoris provada. Havíem dissenyat la recepció com una àrea en la qual els hostes poguessin relaxar-se, però, en aquell moment, mentre esperava el meu torn per ser interrogada, era qualsevol cosa menys tranquil·litzadora.

Estava impacient per preguntar-li al xèrif què tenien pensat fer amb l'habitació de Tonya i si la relacionaven amb l'assassinat o no. Podria ser que la Tonya hagués mencionat la seva veritable raó per venir a Westwick Corners, però ho dubtava molt. No semblava d'aquelles que donen informació de forma voluntària.

Asseguda al costat de la finestra, tenia una vista privilegiada dels hostes que entraven i sortien. La majoria d'ells gaudia d'una estona de relaxació abans de sopar, alguns fins i tot s'havien deixat caure per Embruix, el bar que teníem en un edifici separat, per prendre unes copes. Per sort, el bar estava al costat oposat de l'hostal, així que la glorieta i els jardins quedaven ocults. Esperava que la policia limités la investigació a la zona del jardí.

Tenir la cadira junt a la finestra també em permetia sortir corrent quan veia que algú es dirigia cap als jardins i la glorieta per aturar-lo. No podien descobrir en cap circumstància que s'havia produït un assassinat a poques passes dels seus dormitoris.

Només havien passat unes hores des del mòrbid descobriment en la glorieta, però semblava una eternitat. El xèrif havia prohibit el pas a l'escena del crim, o escenes, ja que ara també s'incloïa l'habitació de la Tonya, fins que arribessin els investigadors de Shady Creek. Havia passat part per dir que anava a centrar-se en els interrogatoris dels testimonis. Això m'incloïa a mi, evidentment, a la mare i a la tia Pearl.

El xèrif Gates havia interrogat primer la mare perquè pogués estar lliure a l'hora de servir el sopar als hostes. A continuació, era el torn de la tieta Pearl. Ambdues sentírem sorpresa i alleujament a parts iguals quan l'interrogatori de la Pearl durà només cinc minuts.

Un moment després, el xèrif va sortir per fer una trucada, vaig suposar que als investigadors que es trobaven en l'escena. No vaig poder parlar ni amb la mare ni amb la tieta Pearl després dels interrogatoris. Només desitjava que la tieta Pearl no hagués dit res indignant ni incriminant.

Vaig somriure quan va avançar i va seure just davant de mi.

—Espero poder aclarir açò el més prompte possible.

—Farem tot el que estigui en les nostres mans.

—Podem quedar-nos aquí fora? Vull tenir els hostes vigilats.

Assentí.

Vaig fer una ullada per la finestra i em vaig alarmar en veure la furgoneta blanca dels investigadors de Shady Creek aparcada just davant de l'entrada a l'hostal. L'emblema de la policia de Shady Creek era plenament visible, al igual que les lletres en les quals es podia llegir *Medicina Forense*. La furgoneta del forense, també blanca, estava aparcada just darrere.

Què diria als hostes començaven a fer preguntes? L'última cosa que necessitàvem era un escàndol. Almenys no hi havia mitjans de comunicació, bàsicament perquè l'únic del poble era el meu periòdic. La mort d'en Plant era un succés important, així que acabaria atraient els periodistes de Shady Creek, però esperava que, com que era quasi de nit i s'apropava el cap de setmana, no seriem notícia almenys fins al dia següent, quan tinguéssim més respostes.

En Tyler va seguir la direcció de la meva mirada.

—Han hagut d'apropar-se per tenir l'equipament a mà. Si algú pregunta, digues que han parat a beure alguna cosa a Embruix.

—Bona idea.

Hauria de fer-ho, ja que acabava d'entrar a l'aparcament un sedan d'un negre brillant. Una parella va sortir del vehicle i va descarregar l'equipatge del maleter. Passaren per davant de les furgonetes del forense i del jutge d'instrucció ignorant-les completament. Era un bon senyal.

—Ara vull que m'expliquis amb pels i senyals tot el que ha ocorregut des que heu trobat el cos.

Era fàcil perdre's en la càlida mirada d'ulls marrons d'en Tyler

Gates. Massa fàcil. Vaig haver d'esforçar-me per concentrar-me en la tasca que tenia entre mans.

Vaig relatar els esdeveniments, ometent la discussió que havia mantingut amb la tieta Pearl.

—Anàvem a ocupar els nostres llocs quan vam trobar el cos.

Semblava que em preguntés el mateix moltes vegades. Al final em vaig adonar que seria una tàctica per a interrogar.

Em vaig estremir en pensar com d'involucrada estava. Em trobava davant del succés més important ocorregut mai a Westwick Corners i, en lloc d'escriure l'exclusiva, estava sent interrogada pel crim. No sabia si se'm considerava testimoni, sospitosa, o totes dues coses. L'única cosa que sabia amb certesa era que la meva implicació m'impedia descobrir tot el que havia ocorregut.

—Alguna idea de per què els Plant triaren Westwick Corners com a destinació de vacances? No és precisament la Rivera Francesa.

En una situació normal, el comentari d'en Tyler Gates m'hauria ofès, però ho digué de forma que semblava que nosaltres no tinguéssim la culpa de ser un poblet.

—Els convidàrem farà uns sis mesos —vaig dir—. No ens contestaren, així que vam suposar que no els interessaria. Ni en un milió d'anys se m'hauria ocorregut que fossin a acceptar la invitació. Però al final ho van fer. Sense que ningú s'ho esperés, fa tan sols dues setmanes, sense donar excuses de perquè havien trigat tant.

—Ja veig. —Va fer mig somrís mentre seguia gargotejant notes—. Digues-me què saps d'en Sebastien Plant.

—No més que la resta del món. Fundà Travel Unraveled, així que es va fer multimilionari. Teníem l'esperança que veiés el potencial de l'hostal Westwick Corners i parlés de nosaltres al seu programa de televisió.

Li vaig contar l'assumpte dels plans arquitectònics que hi havia a la seva habitació.

—No estàvem xafardejant, però no poguérem evitar veure els plans perquè estaven sobre l'escriptori. Només volíem publicitat, no que ens arrabassessin els terrenys.

—Estàs segura que ningú de la teva família ha parlat amb ells? Potser que algú els fes una oferta.

Vaig negar amb el cap.

—De cap de les maneres. Portem mesos amb la reforma. No hem invertit diners i suor en aquest edifici per a enfonsar-lo i construir una monstruositat al seu lloc.

Em vaig posar de peu d'un salt quan vaig veure dos homes amb vestits de protecció traient una llitera d'una de les furgonetes.

—Suposo que no transportaran el cos per tot el jardí i l'aparcament a la vista de tots els hostes,

—Temo que no hi ha més remei. —M'indicà que tornés a seure—. Segueix amb la història.

—No hi ha gaire més que contar. Ara està clara la raó per la qual els Plant acceptaren la nostra invitació. Tenien els ulls posats en la nostra propietat.

—Han fet cap oferta?

—No, encara no. Suposo que l'assassinat d'en Sebastien els haurà trastocat els plants. De qualsevol manera, no tenim intenció de vendre.

—Mmmm.

—Creus que les seves intencions poden tenir alguna cosa a veure amb l'assassinat?

—Podria ser.

—Quin desastre. —Em vaig passar els dits pels cabells nerviosament—. Tindrem molta publicitat, però de la dolenta. Ningú voldrà passar les vacances a un lloc on han matat uns dels turistes.

—La gent ho acabarà oblidant.

—No aquí.

Entre l'incendi de la tieta Pearl i l'assassinat d'en Sebastien Plant, l'índex de criminalitat de Westwick Corners s'havia disparat en un sol dia. El nostre poble havia caigut en la il·legalitat i em feia por pensar què podria passar després.

Li vaig contar al xèrif tot el que sabia, incloent-hi tots els meus parados des d'aquell matí fins a la meva arribada a la glorieta per la tarda.

—No hi ha res més que contar, a més que, literalment, hem enso-pegat amb el cos d'en Sebastien Plant.

Un calfred em va recórrer l'esquena en recordar la sensació d'ate-rrar sobre el seu cos tou, estranyament engarrotat.

Va romandre en silenci uns minuts més mentre escrivia a la llibreta.

Com més temps passés el xèrif Gates investigant a l'hostal, més probabilitats tenia de descobrir el secret familiar. Però, de moment, ignorava el fet que fóssim bruixes i tenia la intenció de que continués així. No tenia elecció, havia d'involucrar-me en la investigació per a aclarir el que havia ocorregut com més prompte millor.

—En Sebastien Plant i la seva esposa Tonya havien d'haver arribat a aquestes hores. Però de segur que la tieta Pearl ja t'ha dit que han arribat sobre la una i els ha registrat ella.

En Tyler Gates aclucà els ulls.

—No ho ha mencionat. Alguna cosa més?

Em vaig apartar una grenya de la cara.

—Quant de temps porta mort?

Arronsà les espatlles.

—El forense ho determinarà, però suposo que des d'unes hores abans que el trobéssiu. Probablement haurà sigut aquest matí, abans de migdia.

—Segur que algú el veuria per aquí. —Em vaig penedir d'aquelles paraules en quant les vaig pronunciar. El parador de la meva tieta abans que vingués al despatx de matí era desconegut i semblava ser l'única que sabia que els Plant havien arribat—. Hi ha més pistes?

—No podem revelar informació ara mateix. —Els seus càlids ulls marrons es refredaren sobtadament—. Sé que vols una història, però encara no et puc donar detalls.

—Cap?

L'assassinat d'en Sebastien Plant era el segon assassinat en la història de Westwick Corners, el primer des que jo havia nascut. Era la gran notícia que havia estat esperant, el major succés de la història recent. A més, era molt més que una història local, ja que la víctima era un conegut magnat dels negocis i una celebritat. Volia aconseguir l'exclusiva i avançar-me a *El xiuxiueig de Shady Creek.*

—Encara no, ho sento.

—D'acord. Si et puc ajudar d'alguna manera, digues-m'ho.

No tenia cap intenció de mantenir-me al marge. Mentre ell dugués a terme la seva investigació oficial, jo en faria una d'extraoficial. M'angoixava pensar que s'havia produït un assassinat a la nostra propietat i volia resoldre'l ràpidament.

Es guardà la llibreta a la butxaca i es posà dempeus.

—Tornaré si tinc cap pregunta.

—M'agradaria entrevistar-te per al periòdic.

—Ja saps on trobar-me.

Somrigué i, per a la meva sorpresa, li vaig tornar el somriure.

CAPÍTOL 8

*D*esprés d'ajudar la mare a recollir el desastre que havia provocat la tieta Pearl a la cuina vaig tornar al menjador que havia començat a omplir-se d'hostes. El xèrif Gates seguia allí, amb la seva llibreta i un munt de papers escampats per tota la taula junt a una tassa de cafè.

Em preocupava que els hostes poguessin preguntar-se per què era el xèrif allí. La finestra que tenia darrere oferia una vista panoràmica de l'aparcament, on seguien els cotxes de la policia de Shady Creek. Tenia l'esperança que processessin l'escena del crim de manera ràpida i discreta, però semblava que no seria el cas.

Les nostres mirades es creuaren i em saludà amb la mà.

Vaig sentir una fiblada de culpabilitat. El que jo considerava un desastre i un inconvenient, per al pobre Sebastien Plant era la fi de la vida. No havia arribat a conèixer-lo en persona. De sobte, em vaig preguntar on seria la Tonya Plant. La taula en què havia estat asseguda una estona abans estava buida i no creia que la policia hagués acabat tan prompte amb la seva habitació. El xèrif Gates devia d'haver-la interrogat ja. Em vaig preguntar si coneixeria el seu parador.

Vaig fer una ullada cap a fora quan em va indicar que segués. Seguia sense haver-hi senyals del cotxe de Brayden a l'aparcament. La meva preocupació va augmentar, ja que ni tan sols havia trucat. I si li havia passat alguna cosa? Quan acabés amb el xèrif el buscaria.

Vaig tornar la meva atenció cap a Tyler Gates. Encara que feia tot el possible per mantenir-se inexpressiu, vaig notar una mica de preocupació.

—Conta'm-ho tot una altra vegada. Per què estàveu a la glorieta exactament?

—Per un assaig del casament.

Els meus ulls quedaren petrificats davant la seva mirada del color de la xocolata. Vaig tractar de mirar a una altra banda, però em vaig veure atrapada pels ulls més càlids que havia vist mai. No podia evitar-ho. Em sentia fascinada, encara que estigués sent interrogada.

Em vaig sentir culpable per mirar d'aquella manera un home que no era el meu marit. Vaig sentir un nus a la gola.

—Entenc. —El xèrif va escriure alguna cosa a la llibreta—. Així que la Pearl, la Ruby, en Brayden i tu éreu a la glorieta. Algú més?

—No. —Em vaig enrojolar—. En Brayden no hi era.

En Tyler Gates es va quedar sorprès.

—El nuvi s'ha perdut l'assaig del casament?

—Se li ha fet tard.

—Ja veig. —Va tornar a anotar a la llibreta—. A quina hora a arribat a la glorieta?

—No ha arribat.

Per primera vegada em vaig adonar que, com en Brayden era l'alcalde, era en realitat el superior directe d'en Tyler Gates. Evidentment, el xèrif sabia que en Brayden no era allí. No havia estat a la glorieta, i el seu cotxe no era a l'aparcament.

En Tyler Gates arquejà les celles.

—Així que no ha aparegut a l'assaig del casament.

En certa manera, vaig sentir que em posava a la defensiva. Algú que no era jo estava qüestionant les prioritats d'en Brayden. Encara que això no va impedir que em sentis fatal. A ulls d'en Brayden, una reunió a l'ajuntament era més important que jo.

—Interessant —murmurà mentre seguia escrivint a la llibreta.

Jo no hauria utilitzat eixa paraula, però les que tenia en ment no eren tan amables.

—Sé el que sembla, xèrif Gates. Però la reunió es va allargar i... —se'm va fer un nus a la gola en adonar-me de l'enormitat de la situació —. És l'alcalde. Quedaria molt malament que sortís abans de la reunió.

Va aixecar la mirada de la llibreta i em va escrutar, però no digué res. Com a tàctica d'interrogació era molt efectiva, almenys en mi.

—Quina reunió tenia?

—La reunió de delictes setmanal, crec.

El xèrif Gates anotà més coses mentre les comissures de la boca se li aixecaven lleugerament.

—Et refereixes a la reunió de delictes setmanals dels guàrdies? La d'avui s'ha cancel·lat.

—Ah. —Per descomptat, en Tyler Gates sabria si hi hagués una reunió a la qual havien d'assistir tant l'alcalde com el xèrif. En Brayden m'havia mentit. La cara se'm va tornar vermella de fúria i vergonya—. Però si la reunió s'ha cancel·lat, per què no ha aparegut en Brayden?

L'ombra d'un somrís es deixà veure als llavis d'en Tyler Gates. Ni el xèrif em prenia seriosament. Havia d'admetre que sonava estúpid. La meva ira cap a en Brayden augmentava per moments.

La seva expressió es va suavitzar.

—De segur que li ha sorgit un imprevist.

No volia justificar en Brayden, però sentia que les meves paraules necessitaven una explicació. No volia que el xèrif pensés que en Brayden m'havia deixat plantada.

—En realitat no era l'assaig general. Ma mare, la Ruby, és molt perfeccionista. Avui era l'assaig de l'assaig. Encara que no justifica l'absència d'en Brayden, marca una gran diferència.

—Entenc.

No creia que ho fes.

—Ma mare es preocupa massa per tot. Un assaig més assegura que tot surti sense entrebancs.

—Definitivament, no ha sigut el cas. Quan és el casament?

—En dues setmanes. —Vaig mirar el rellotge—. Tyler, la gran inauguració de l'hostal és en una hora, quan es serveix el sopar. Sé que és l'escenari d'un crim, però, saps quan serà processada?

En Tyler es mossegà el llavi inferior mentre considerava la situació.

—Tu fes-te càrrec de mantenir els hostes allunyats del jardí les pròximes dues hores. De segur que l'equip forense acabarà prompte. Ja els he demanat que siguin discrets. —S'aixecà—. Una cosa més. Tindré més preguntes per a tu i la teva família quan acabi de parlar amb els investigadors de Shady Creek. Hauré de parlar amb tu, amb la Pearl i amb la Ruby, ja que vosaltres descobríreu el cadàver. Et trucaré després.

Això em deixava temps per parlar molt seriosament amb la tieta Pearl. Que el xèrif no la tingués vigilada significava que en realitat no la considerava sospitosa. Encara que, tractant-se de la Pearl, segur que estava relacionada amb alguna prova incriminant.

CAPÍTOL 9

esprés de sopar, portàrem els hostes a Embruix a beure unes copes. Esperàvem que es mantinguessin ocupats fins que regnés l'obscuritat i la policia acabés la seva tasca a la glorieta. Com més prompte acabessin de recollir proves, millor. Em preocupava que els hostes volessin passejar i veure tota la propietat, ja que, en el poble, no hi havia gaires coses a fer per les nits. Seria una catàstrofe que es topessin amb l'escena del crim.

Quan vam acabar de netejar les taules i escurar eren les set de la tarda. Vaig sortir fora i vaig sentir un gran alleujament en veure buides les places on estaven aparcats els cotxes de l'equip forense i els policies de Shady Creek. L'esportiu del xèrif Gates tampoc hi era, al seu lloc hi havia el BMW sedan negre brillant d'en Brayden.

Em vaig sentir alleujada i enfadada alhora. En Brayden s'hauria assabentat de l'assassinat i ni ta sols m'havia trucat per a preguntar-me si estava bé. Fins i tot el seu treball a temps parcial com a cambrer valia més que la meva seguretat i el meu benestar.

Se m'aturà el cor en veure que la glorieta seguia precintada amb la cinta policial. Vaig anotar mentalment que havia de trucar el xèrif per a preguntar-li si podia treure la cinta abans de trenc d'alba.

54

Sentia que en un sol dia, la meva vida havia canviat dràsticament. Inaugurem l'hostal després de mesos de dura feina per a ensopegar amb el tràgic assassinat d'un hoste i una possible ruïna financera. El nuvi s'havia perdut l'assaig del casament, i haver d'explicar-li al xèrif Gates l'absència d'en Brayden, m'havia fet replantejar-me les noces i la nostra relació. Un casament no podia ser el segon plat per darrere de res, i així és com em sentia als ulls d'en Brayden. Mai seria la primera prioritat.

I després teníem en Tyler Gates. La meva atracció cap a ell m'havia agafat de sorpresa. No era només el seu aspecte, notava que teníem molta química, una connexió que mai havia sentit amb en Brayden. Però era una ximpleria. Ni tan sols el coneixia.

Vaig acabar desitjant que s'hagués quedat una mica més, i no només per a mantenir la llei i l'ordre. Però, i si ho hagués fet?

La tieta Pearl tenia raó en una cosa. Si no posava totes les meves forces per canviar les coses, tot seguiria com sempre.

Ella es referia a que utilitzés la màgia, però es podia aplicar a tots els àmbits de la meva vida, fins i tot a la meva vida amorosa. Era responsable de la meva pròpia felicitat, i canviar la meva vida només depenia de mi. Em vaig encaminar cap a Embruix, perduda en els meus pensaments.

El bar portava obert uns anys, però no proporcionava gaires beneficis. Per descomptat, volia assegurar-me que els hostes estaven passant-ho bé, però també volia renyar en Brayden. Era jo un simple entreteniment per a ell? Com més ho pensava, més m'enfadava.

El bar estava en un edifici separat de la resta de l'hostal. Vaig creuar el carrer i vaig assaborir el fresc aire nocturn. Una suau brisa bufava des de les muntanyes i el riu ressonava a poca distància. La Mare Naturalesa ignorava els tràgics esdeveniments que havien tingut lloc unes hores abans.

Els exterior m'aportaren una nova i fresca perspectiva de les pallassades de la tieta Pearl. No li agradava que hi hagués intrusos a la ciutat, però al final acabaria acceptant-ho. Només havíem de trobar una manera perquè s'involucrés sense posar en perill els visitants. Podíem usar les nostres habilitats especials en secret per ajudar el xèrif a resoldre l'assassinat d'en Sebastien Plant. Si mantenia vigilada la tieta Pearl no podria empitjorar les coses.

S'havia mostrat intrigada per la nota; potser podria ajudar-me a desxifrar-la. Me'n recordava del que deia la nota perquè semblava que l'hagués escrit algú del poble, o almenys, algú que volia aparentar ser del poble. Vaig sentir un nus a la gola en recordar els versos. Els vaig veure clarament en la meva ment, recordant com descrivien a la perfecció els sentiments de la tieta Pearl.

A INDRETS LLUNYANS HAS ANAT,
  però hauries d'haver-te amagat,
  feies negoci amb Travel Unravelled,
  però aquí per a tu no tenim hostalatge.

NO VOLEM LA TEVA EMPRESA,
  tampoc que provis la nostra cervesa.

DE WESTWICK CORNERS ESCAPA,
  mentre puguis, torna a casa.

MANTÉN-TE ALLUNYAT DE LA CIUTAT,
  o quedaràs atrapat,
  i mai la Terra tornaràs a xafar.

SEMBLAVA que l'advertència es dirigia a en Sebastien Plant, però com havia dit abans la tieta Pearl, no tenia sentit amenaçar algú que ja estava mort, pressuposant que l'assassinat hagués sigut premeditat. Havien deixat la nota per a espantar Tonya Plant? Si era així, assenyalava algú oposat al desenvolupament de Westwick Corners.

Però les úniques que coneixíem els plans secrets dels Plant érem la tieta Pearl i jo. Jo havia descobert els plans després de l'assassinat, i suposadament, la tieta Pearl també.

Potser, en lloc de donar una pista, el missatge era per desviar l'atenció.

En tornar a visualitzar la nota mentalment em vaig adonar d'una cosa que abans m'havia passat per alt. «Unraveled» estava escrit amb dues «L», o bé era una errada ortogràfica, o bé estava escrit a la manera britànica. Prova suficient que la nota l'havia escrit algú de fora, algú que no era estatunidenc i que pretenia inculpar algun local, com la tieta Pearl. Eixa mateixa persona havia omplert de sang la seva vareta. Encara que no tenia proves, i sense elles, la meva teoria semblava una història inversemblant inventada amb la intenció de lliurar ma tia dels càrrecs. Però com podia arribar al fons del que havia passat si ma tia no col·laborava?

Em vaig esprémer el cervell metre anava cap al bar. Des de fora, sentia les veus dels hostes i m'aixecaven els ànims. Esperava que la inauguració de l'hostal Westwick Corners aportés beneficis al bar i al restaurant.

No em va decebre. El bar estava de gom a gom. Fins i tot alguns dels habitants del poble havien muntat el turó per a gaudir de l'ambient. Oficialment, havien vingut a mostrar el seu suport a la nova empresa, però en realitat volien xafardejar sobre els visitants forans.

Normalment, mai ocorria res a Westwick Corners, però sorprenentment, tots semblaven ignorar que havia hagut un assassinat. Vaig agrair la discreció del xèrif Gates i de la policia de Shady Creek. A més d'ells, només ho sabíem la mare, la tieta Pearl i jo. I volia que fos així, almenys per una nit en la qual la gent de Westwick Corners s'integrava entre els hostes que s'estaven deixant els seus calers en copes.

A més, volia revelar-ho tot al *Westwick Corners Weekly*. No solia passar sovint que pogués publicar una exclusiva abans de que circulessin els rumors. El dia següent es coneixerien més detalls, i, si teníem sort, algunes pistes. Qualsevol filtració que ocorregués abans podria espantar els hostes i llençar a perdre la reputació de l'hostal.

Embruix era un dels dos restaurants i l'únic bar del poble, així que els caps de setmana solia estar bastant ple. Però mai l'havia vist com aquella nit, amb l'aforament completat. Amb els beneficis podríem pagar les factures de tot un mes, o fins i tot de més.

Vaig veure en Brayden darrere de la barra. La majoria dels habitants del poble tenia diverses feines per poder arribar a fi de mes, i en Brayden no n'era una excepció. Els caps de setmana treballava al bar. Vaig sentir un gran alleujament en veure'l ocupat servint begudes, però també em vaig sentir decebuda perquè es prengués la seva feina parcial més seriosament que a mi. Seguia enfadada per la seva absència a l'assaig, però almenys no havia de substituir-lo com a cambrera.

—Cen! —em va saludar i em va dedicar un dels seus somriures blancs i brillants—. Hem de parlar.

Evidentment, encara que suposava que no volíem parlar del mateix.

—No has aparegut a l'assaig del nostre casament. Com has pogut?

—No siguis tan dura, Cen. Hi havia una cosa important i no podia abandonar l'ajuntament —s'excusà—. No hi ha per tant, oi? El veritable assaig és en uns dies.

Va fer mitja volta per saludar dos grangers que van seure a l'altre extrem de la barra.

—T'ho prens tot a broma, oi? —li vaig replicar enrojolant-me mentre tractava de mantenir la calma.

—És clar que no. —Em passà un braç per les espatlles—. Es només que tu i ta mare teniu la mania de planificar-ho tot a l'extrem.

—Jo planifico massa?

Sempre era així, ja que en Brayden mai planejava res. Havia de fer-ho tot jo. Probablement compensava l'espontaneïtat d'en Brayden, perquè els seus plans mai es duien a terme. Era un somiador, però no feia res.

—Només havies d'aportar la teva presència. Saps quanta feina cal per preparar unes noces?

—Calma't, Cen. Aprecio el que fas, però dos assaigs són massa. Simplement he pensat que l'assaig de l'assaig no era gran cosa.

—Sí que ha sigut gran cosa. El nostre convidat d'honor, en Sebastien Plant, ha estat assassinat a la glorieta. Hauria sigut de gran ajuda que haguessis arribat unes hores abans.

Afortunadament, el cos l'havíem descobert nosaltres i no un hoste.

—No podia saber que hi hauria un assassinat, Cen. Me n'he assabentat pel xèrif Gates. Ha arribat ràpidament, oi?

Em va posar davant un rodal i una copa d'*Hora de les bruixes*, un *cabernet souvignon* californià.

Vaig mirar fixament la copa, conscient que en Brayden intentava fer paus. Normalment, des que s'havia convertit en alcalde, voli que només prengués begudes sense alcohol. Jo preferia el vi. Estava clar que intentava suavitzar l'ambient per a evitar una baralla.

—Sí, però la teva ajuda ens hauria vingut bé per a manejar la situació. Un cadàver no és el més adequat en una gran inauguració.

Vaig recordar el meu encontre amb el xèrif Gates i vaig sentir que el cor se m'accelerava. La seva figura esvelta i musculada, els seus càlids ulls marrons...

—Cen?

—Què?

—He vingut tan bon punt he pogut.

—Has arribat més de tres hores tard. Des de quan una reunió a l'ajuntament s'acaba més tard de les set i mitja? —No li vaig deixar temps per respondre— I què hi ha de més important que un assassinat en casa de la teva promesa?

Arronsà les espatlles.

—El trànsit d'hora punta.

—Quin trànsit? Estava aquí tot el poble tret de tu.

No hi havia trànsit a Westwick Corners, sobretot des que la tieta Pearl va fer del senyal de l'autopista una falla fins a fer-la invisible per als motoristes. L'absència d'en Brayden només havia empitjorat els meus temors prematrimonials i m'havia fet replantejar-me la nostra relació. Per primera vegada, em vaig adonar que, per molt que en Brayden m'estimés, sempre estaria per darrere dels seus plans i ambicions. Em considerava més una sequaç que una companya. Fins a aquell moment no me n'havia adonat.

—Cen, no puc deixar la feina quan a ta mare li vingui en gana.

—Fa setmanes que ens ho va dir. Vas prometre que vindries.

Les invitacions ja estaven enviades, el menú decidit i el lloc preparat. Cancel·lar o posposar el casament destruiria en Brayden. A més, era un alcalde molt popular, per la qual cosa tothom es posaria en contra de mi. D'altra banda, no podia conviure amb una mentida. Com era possible que un home al qual feia menys de 24 hores que coneixia em plantegés tants dubtes sobre el meu futur?

—Tenia una reunió a Shady Creek. El trànsit per l'autovia era horrible, però ja sóc aquí. —Somrigué i va fer mitja volta per a servir dos copes—. Ser alcalde no és una feina de vuit hores diàries, Cen. He vingut tan bon punt he pogut.

—D'acord.

La meva feina tampoc era només de vuit hores, però no ho utilitzava com excusa. Era com si en Brayden ignorés els meus sentiments i insinués que, en certa manera, era culpa meva. I que la seva feina era més important que la meva.

—En Brayden era l'únic noi amb el qual havia sortit, però sentia que ja no el coneixia. Sempre havia assumit que estàvem fets l'un per l'altre i mai m'havia plantejar que pogués haver-hi altres homes.

Correcció. És clar que m'ho havia plantejat. A vegades fins i tot m'havia sentit atreta per algun. Però no es tractava més que d'atracció física. En Tyler Gates em provocava d'una manera que mai abans havia experimentat. Mai hauria sabut què era, però era real.

Com tots els altres xèrifs abans d'ell, en Tyler Gates deuria de tenir antecedents dubtosos o hauria trobat una feina millor remunerada en una ciutat més gran. Només el trobava interessant perquè fallava alguna cosa entre en Brayden i jo.

Aquí era, a punt de cometre la major equivocació de la meva vida per un home a qui a penes coneixia. A més d'en Brayden, en Tyler Gates era l'únic home no jubilat del poble. M'havia semblat bo perquè, de sobte, tot en Brayden semblava dolent.

—Hauries d'haver estat aquí. Estic farta que em subestimis.

En Brayden es passà una mà pels cabells perfectament cuidats.

—El servici públic inclou sacrificis personals, Cen. La feina és el primer. Ja ho parlàrem quan em vaig presentar a alcalde.

No recordava haver parlat res d'això.

—Què és exactament el que és més important que jo?

En Brayden va fer un gest d'exasperació.

—No és tan senzill, Cen. Saps que no puc contar-te informació confidencial del poble.

A més de ser la xicota d'en Brayden, també era la premsa. Ell tenia raó en dir que els secrets no duren gaire a Westwick Corners.

—La teva feina és més important que el casament? Tampoc vindràs eixe dia?

En Brayden posà els ulls en blanc.

—És clar que no. Però a vegades he de prendre decisions complicades.

—Hi ha un assassinat i no pots venir?

—Això no ho podia saber!

Va posar dues gerres de cervesa davant dels dos grangers de cabells canosos i es va girar cap a mi.

—Has dit que el xèrif t'ho va dir de seguida. Què podria haver-hi de més important que un assassinat el primer dia de feina del xèrif?

En Brayden tenia més prioritats abans que un assassinat.

Hi ha una primera vegada per a tot.

No m'havia repensat les noces fins a aquella tarda, i en aquell moment em vaig preguntar si per fi hauria obert els ulls.

—No havíem parlat res. Has fet el que t'ha vingut en gana, com sempre. Per una vegada, m'hauria agradat que t'abellís estar amb mi.

La meva veu es va sentir per sobre de la música i totes les mirades es fixaren en mi.

—Ja en parlarem després —declarà en Brayden dirigint la mirada cap al Martini que estava preparant.

Vaig sentir la ira creixent al meu interior. En Brayden havia estat elegit alcalde feia només uns mesos. D'altra banda, ser alcalde sempre havia sigut una feina a temps parcial.

Westwick Corners tenia menys de mil habitants, però en Brayden havia acceptat el títol amb gana perquè ho veia com el primer graó per a arribar més alt. Ser alcalde li obria portes i li donava l'oportunitat de tractar braç a braç amb polítics federals i estatals.

Però no tenia cap intenció de quedar-se aquí. Havia de respondre a tots els seus electors, incloent-m'hi a mi.

—No, vull parlar-ne ara.

Però en Brayden no m'escoltà perquè ja estava a l'altre extrem de la barra servint begudes.

La tieta Pearl tenia raó. En Brayden no em valorava i ja estava farta. Ens coneixíem de tota la vida, però mai m'havia sentit tan lluny d'ell. Les seves ambicions polítiques s'entremetien en la nostra relació, igual que les poques necessitats que tenia el poble al qual se suposava que representava.

Vaig deixar la meva copa de vi a mitges en la barra i em vaig aixecar. El bar no tenia taules i hi havia mitja dotzena d'hostes ballant al ritme del country-rock que sortia dels altaveus.

Vaig tornar a pensar en l'assassinat d'en Plant o en la meva història. Em vaig adonar que era quasi impossible escriure objectivament sobre un crim ocorregut en la meva propietat. Potser era només el començament, ja que la meva objectivitat periodística seria impossible quan em casés amb l'alcalde.

Genial.

Hauria d'acomiadar-me del periòdic i de la meva feina.

L'última cosa que volia era ser la dona aparador d'un polític, acompanyar el meu home sense tenir vida pròpia. Estimava en Brayden o simplement em sentia còmoda al seu costat? M'havia centrat tant en complir les expectatives dels altres que no sabia la resposta.

La meva atracció cap a en Tyler Gates era simplement física. Però era un impuls que mai havia sentit cap a en Brayden, i m'agradava. Volia tornar a sentir-lo.

Existís o no el sentiment, havia de descobrir-ho. Decebria molta gent, però ja havia perdut molt de temps tractant d'acontentar els altres sense pensar en la meva felicitat. Em vaig dirigir cap a en Brayden a l'altre extrem de la barra. Havia acabat amb les begudes i estava netejant.

Vaig agafar una glopada d'aire.

—A propòsit del casament...

Em va fer un petó a la galta.

—M'has llegit la ment. Tenim habitació per al governador i la seva esposa? És una gran oportunitat per conèixer-nos millor.

La pregunta confirmà les sospites que els meus desitjos sempre anaven per darrere del seu estatus social i ambicions polítiques. Hauria de restringir la meva màgia. Les bruixes són les pitjors companyes dels polítics, i les aspiracions d'en Brayden anaven molt més enllà de Westwick Corners. Tenia planejat arribar a ser governador estatal algun dia.

Res de premsa, res de màgia, res d'amor.

Res de futur junts. Per què havia trigat tant en adonar-me'n?

—No.

No tenia temps per discutir. Tenia feina per fer a l'hostal.

—Com que no? No hi ha lloc per a dos més?

Vaig sospirar. En Brayden sempre veia les coses des del seu punt de vista, no des del nostre punt de vista. Esperaria al matí següent per dir-li que el casament es cancel·lava.

—Ara no.

Vaig veure la tieta Pearl de cua d'ull. Portava un vell xandall gris d'Adidas 1970, el que només es posava quan havia de fer exercici físic. Vaig ignorar les objeccions d'en Brayden i la vaig seguir fora. Es dirigia cap a la glorieta i, sens dubte, cap a més problemes.

—Tieta Pearl, la mare et necessita a l'hostal. —La tieta Pearl em va mirar fixament, va entretancar els ulls i va murmurar una cosa que no vaig arribar a escoltar—. Com dius?

Arrufà el front i canvià de direcció. La vaig seguir cap als graons d'entrada de l'hostal. Vaig notar que algú m'estirava del braç i vaig girar per trobar-me amb en Brayden. Em va preocupar que m'hagués seguit fora, això volia dir que no hi havia ningú al bar.

—Què et passa? —Em va agafar també l'altre braç i em va mirar als ulls—. Últimament no sembles tu.

—Jo no he canviat, tu sí. Si ara ja no tens temps per a mi, què passarà quan ens casem?

Em vaig alliberar de les seves mans i vaig cercar amb la mirada la tieta per tot el jardí, però l'havia perduda de vista.

—No és això. És que ara estic molt ocupat i...

—Deixa't d'excuses, Brayden —vaig dir i em vaig dirigir al jardí.

—Au, Cen.

Es va quedar quiet de braços creuats esperant que anés cap a ell.

—En parlarem demà.

Per una part esperava que em seguís, però millor que no ho fes. No estava segura de com i quan dir-li-ho, però de sobte ho vaig veure claríssim. No em casaria amb en Brayden Banks.

I a ell no li agradaria.

CAPÍTOL 10

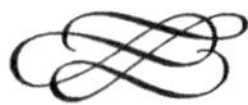

Vaig seguir la tieta Pearl a través de la gespa i de la carretera fins a arribar al jardí de roses. Com temia, va anar directa a la glorieta. Em vaig estremir. La seva intenció era repel·lir els turistes, però estava a punt d'incriminar-se en el cas. Que hi hagués una escena del crim a la nostra propietat ja era horrible, però una escena alterada era molt pitjor. Sobretot si l'alterava una bruixa.

—Espera, tieta Pearl!

El seu pas era molt més ràpid del que correspondria a un cos de setanta anys, així que hi havia màgia involucrada. Fins i tot en la tènue penombra vaig poder veure la garrafa de benzina que sostenia. Vaig córrer tan ràpid com vaig poder i la vaig atrapar a poques passes de la cinta policial.

—Deixa la benzina.

—Obliga'm.

Somrigué amb superioritat, soltà la garrafa i s'arremangà el xandall.

No tenia elecció, havia d'usar la meva pròpia màgia. Estàvem a dues passes de la glorieta, a un mil·lisegon del desastre.

No sé si fou sort o instint, però vaig poder aturar-la desintegrant la garrafa de benzina.

La tieta Pearl va ofegar un crit.

Miràrem en silencia el fum que quedava on instants abans hi havia la benzina.

Desastre evitat. Almenys, de moment.

—No pots destruir l'escena del crim, tieta Pearl. A més, és massa tard per destruir res, la policia ja ha recollit les proves.

Va fer mitja volta i es va col·locat davant de mi.

—I tu no pots anar per la vida fent desaparèixer les coses dels altres, Cendrine.

Es mirà les mans buides. No quedava ni rastre de la benzina.

—No em deixes elecció.

El cor em batia més fort en el pit. Vaig esperar que reaccionés amb un altre acte de venjança, aquesta vegada dirigit a mi.

En lloc d'això, somrigué.

—No està gens malament, tenint en compte la poca pràctica que tens. Se't dona bé la màgia quan vols.

Per una vegada, vaig sentir que el meu talent especial era una benedicció i no una maledicció. No vaig poder evitar sentir-me orgullosa, malgrat les circumstàncies. La tieta Pearl no solia repartir elogis, i menys encara quan es tractava de màgia.

No utilitzava els poders perquè em semblava que era fer trampes. Creia que m'atorgava un avantatge injust i m'oposava fermament a lliurar-me dels problemes amb encanteris. Havia hagut de recórrer a un dels embruixaments de la tieta Pearl, però almenys, l'escena del crim no havia estat destruïda.

—Només per necessitat. Tornem dins.

La tieta Pearl m'ignorà i tornà cap a la glorieta.

—Només has d'aplicar-te més, Cen. Per què no començar per aquí?

La piròmana en sèrie que era ma tia va espetegar els dits i un pal en flames es va materialitzar en la seva mà.

Jo també vaig espetegar els dits i vaig fer aparèixer una galleda d'aigua, però era massa tard. Li vaig llençar la galleda, però ella ja havia arribat a les escales de la glorieta. La vaig agafar del braç i totes dues caiguérem escales avall fins a la gespa. Ens aturàrem a uns centímetres de la cinta policial.

—M'has enganyat! —em vaig aixecar i em vaig trobar amb en Tyler Gates.

—Què dimonis passa aquí?

El xèrif apagà el foc amb la bota. El seu somrís s'esvaí quan reconegué la tieta Pearl.

Era exactament el que volia preguntar-li a ma tia. Per què estava tan entestada en destruir la glorieta? Estava implicada d'algun mode?

—Gràcies a Déu ha vingut, xèrif —ploriquejà la tieta Pearl—. M'ha atacat sense previ avís.

Les comissures d'en Tyler Gates s'aixecaren lleugerament.

—Es veritat?

—M'ha provocat.

Quan vaig pronunciar les paraules em vaig adonar que sonàvem com dos nenes de primària.

Quina vergonya.

—És perillosa. —La tieta Pearl em va assenyalar amb un dit acusatiu.

Vaig girar els ulls en blanc i em vaig espolsar les restes de gespa que tenia per la roba.

—Si jo fos vosaltres, aniria amb compte —digué el xèrif—. La glorieta seguia estant precintada, i encara no us he descartat a cap de les dues com a sospitoses.

Vaig assumir que el comentari es dirigia més a la tieta Pearl, ja que ja havia comprovat la meva coartada. Havia estat tot el matí en la redacció com es podia veure a les càmeres de seguretat i podien verificar altres dos treballadors de l'edifici. No havia sortit d'allí fins a les tres de la tarda, quan vaig venir cotxe a casa i em vaig dirigir directament a la glorieta.

El parador de la tieta Pearl des de les nou del matí fins a abans de migdia, quan havia aparegut al meu despatx després de l'incendi de l'autovia, era desconegut. Havia declarat que, després de sortir de la redacció, havia anat directa a l'hostal. La mare podia verificar si era veritat que abans de l'incident de l'autovia havia estat preparant les habitacions dels hostes. Coneixia ma tia prou com per a no creure les seves paraules al peu de la lletra, però sabia de tot cor que no era cap assassina. Tanmateix, la llei es basa en fets, no en sentiments.

La tieta Pearl s'agafà de la barana per a aixecar-se fins al metre i mig d'estatura que tenia i li rondinà al xèrif.

—Mai ho descobrirà sol. Si m'ho demana amablement, estaria disposada a ajudar-lo.

—Podria començar per dir-me on ha estat avui —preguntà el xèrif de braços creuats.

—Com si no ho sabés —digué amb menyspreu la tieta Pearl.

—Té raó —la vaig defendre—. No estava cremant el senyal de l'autovia?

—Això ha sigut de matí. Encara no sé res de les primeres hores de la tarda —assenyalà en Tyler—. Necessito un informe complet dels seus paradors. Seria d'agrair la seva cooperació.

Demanar-li cooperació a la tieta Pearl era com demanar un avançament a la màfia. Tindràs el que demanis, però ho pagaràs.

En Tyler va treure la llibreta.

—Té el tiquet de la benzina? Això ens estalviaria temps.

—No en té prou amb la meva paraula?

Sabia del cert que la tieta Pearl no havia comprat la benzina. L'havia fet aparèixer del no-res. Però no podia admetre-ho davant del xèrif. Cada vegada estava més preocupada per les seves evasives i la seva manca de coartada.

En Tyler ignorà la pregunta i en plantejà una de nova.

—On ha estat abans d'anar a la benzinera?

Li ho diré si em treu la multa.

La tieta Pearl es creuà de braços i bufà.

—Ni parlar-ne. La multa ja està emesa, no podria cancel·lar-la encara que volgués. Haurà de discutir-ho al judici.

—Ha tingut la seva oportunitat, xèrif —digué la Pearl—. La vida en aquest poble pot ser fàcil o difícil. Ha escollit el seu tractament.

—Tieta Pearl! —la vaig renyar i li vaig posar la mà al muscle. L'última cosa que necessitàvem era un enfrontament contra la llei—. Respon al xèrif i així el deixem seguir amb la seva feina.

La tieta Pearl s'havia apropat molt a la cinta policial, però no l'havia travessada. Mirà amb fúria el xèrif Gates.

—He estat treballant a l'hostal amb la Ruby fins que he anat a la benzinera. Açò s'està convertint en una caça de bruixes. —La tieta Pearl creuà els braços—. Puc anar-me'n ja?

La vaig fulminar amb la mirada. La subtil referència màgica m'havia posat dels nervis. I eixa era exactament la seva intenció.

En Tyler Gates assentí.

—Comprovaré la seva coartada amb la Ruby, per descomptat. Ni se li passi pel cap sortir del poble. Estaré vigilant-la.

Assenyalà amb dos dits els seus ulls i després els d'ella.

—Endavant.

La tieta Pearl s'alliberà de la meva mà i es dirigí cap a l'hostal.

Almenys el nou xèrif tenia sentit de l'humor. La tieta Pearl no tenia pensat anar-se'n del poble, volia que se'n anessin els altres. En qualsevol cas, les paraules del xerif tingueren l'efecte desitjat. La Pearl va desfer camí fins a la casa fingint una artritis exagerada. Vaig mirar cap a la glorieta.

—S'han emportat ja el cos?

—El forense se l'ha endut fa una hora.

En Tyler il·luminà l'interior de la glorieta amb al seva llanterna.

Vaig sentir la seva mirada sobre mi al girar-me cap a la glorieta. Amb el cos retirat, l'única prova que quedava de l'horrible mort eren les restes de sang sobre el sòl de fusta. Vaig ofegar un crit en veure la vareta de la tieta Pearl a l'entrada dins d'una bossa marcada com a prova. Sabia que seguia allà quan va tractar de prendre-li foc? M'estava ocultant alguna cosa i no m'agradava gens.

CAPÍTOL 11

Quan vaig tornar a l'hostal ja eren més de les nou i havia enfosquit completament. Les darreres hores havien sigut molt estressants entre la investigació policial, haver de controlar la tieta Pearl i assegurar-se que tot sortís bé amb els clients de l'hostal.

Portava bastant estona sense parlar amb la mare i volia saber com li anava. La vaig trobar a la cuina escurant. Sempre escurava a mà, encara que tenia un rentaplats de grandària industrial. Bé, com que era bruixa, també podia utilitzar un encanteri per llavar-los i completar la seva llista de tasques pendents en un tres i no res. Però era tan perfeccionista que insistia a fer-ho tot de la manera difícil. Amb tot el temps que li caldria per comprovar i tornar a comprovar els encanteris, acabaria més ràpid de la forma manual, com la resta de mortals. Ma mare i jo érem iguals en aquest aspecte. El nostre talent especial ens produïa inseguretats. A vegades la màgia ens semblava un avantatge injust.

—Ai, Cen. No puc creure que ens hàgim vist involucrades en un cas d'assassinat. —Tenia els ulls enrojolats i inflats, com si hagués estat plorant. Tenia la roba malgirbada i portava el davantal tort, cosa que resultava estranya, ja que sempre tenia un aspecte immaculat—.

Quines eren les probabilitats que ocorregués una cosa així en la inauguració?

—Bastants, si ho penses. Era el moment perfecte per a acabar amb el turisme abans que arranqués.

—No puc imaginar ningú del poble arribant fins a tals extrems. Qui estaria disposat a matar per a aturar el progrés? —es preguntà i es netejà les mans al davantal—. La nota em fa esgarrifances.

Li vaig contar les meves sospites sobre l'autor de la nota i la seva curiosa ortografia.

—La tieta Pearl no utilitza l'ortografia britànica. Però qui hagi escrit la nota volia que semblés que ho havia fet ella.

—No siguis ridícula, Cen. La Pearl no faria mai mal a ningú. Com t'atreveixes a insinuar una cosa així?

—És el pensarà el xèrif. Hi ha moltes proves que l'assenyalen, i el xèrif les investigarà totes. Sé que ella no ho va fer, però definitivament, ens amaga alguna cosa. —Vaig agafar un drap i vaig començar a eixugar els plats—. Sempre portava damunt la seva vareta. Per què no l'havia agafada de la glorieta? Mai havia vist que la deixés abandonada. Podia haver-la agafat abans que arribés el xèrif, però no ho va fer.

La mare arronsà les espatlles.

—O l'ha oblidada o no volia alterar l'escena del crim.

—Des de quan no vol alterar res? Segons ella, no era part de l'escena del crim. Diu que li va caure quan va ensopegar amb mi. —La mare arrufà el front però no digué res—. Tenia la vareta quan anàveu cap a la glorieta?

—No ho recordo. Estava tan preocupada preparant la inauguració que no em vaig fixar.

A la mare li va caure la cassola que estava escurant. Va fer un soroll metàl·lic en colpejar la pila.

Vaig sentir una fiblada de culpabilitat per no haver estat ajudant a l'hostal.

—Hi havia tantes coses a fer, m'estresso amb tot. La Pearl ha estat fora tot el matí, he hagut de fer-ho tot jo.

Em vaig quedar paralitzada.

—Un moment, la tieta Pearl ha dit al xèrif que ha estat amb tu fins a les onze del matí i ha dit que tu podries corroborar-ho.

La mare sospirà i es portà una mà al front.

—No penso mentir per ella. Se n'ha anat molt matí avui i no l'he tornada a veure fins a la tarda. En quin embolic ens ha ficat?

—No ho sé, però si no ens diu on ha estat i què ha fet, no podem ajudar-la. De segur que el xèrif creu que és culpable d'alguna cosa. — No volia que l'acusessin injustament. Per alguna raó que no sabia explicar, volia causar-li una bona impressió a en Tyler Gates—. Sigui el que sigui el que amaga, no pot ser tan terrible com un assassinat.

—És molt tossuda, Cen. Podria enfonsar-se tot el món al seu voltant i seguiria guardant els seus secrets. Es busca molts problemes així.

—Bé, si vol recuperar la seva vareta, haurà d'explicar certes coses. El xèrif se l'ha emportada com a prova, encara que creu que és un bastó.

La mare es va quedar bocabadada.

—La Pearl és sospitosa?

—No ha dit això exactament, però la seva aversió cap al turisme li dona un mòbil, i la nota sembla dir el que ella diria. Afegeix la seva vareta a l'escena del crim i ja tens a la primera sospitosa. De segur que això és el que pensa el xèrif.

—Però nosaltres també érem a la glorieta —protestà la mare—. Per què no som sospitoses?

—Tenim una coartada. Jo he estat treballant fins a les tres. Els forenses podran determinar l'hora de la mort per les condicions del cos.

Em vaig tornar a estremir en recordar la meva caiguda sobre el cadàver.

—I jo he estat quasi tot el matí al poble comprant coses d'última hora per al sopar. M'ha vist molta gent. Fins i tot m'he creuat amb el xèrif —explicà la mare.

—Ho veus? La tieta Pearl ha mentit perquè no té coartada.

Es tractava d'una mentida o d'una omissió?

—Potser s'ha confós amb les hores —va dir la mare, malgrat que la seva expressió donava a entendre que no es creia les seves paraules.

—Totes dues sabem que això és impossible. És massa espavilada.

—Cert —corroborà—. Però probablement pensi que els seus paradors no són assumpte del xèrif. Es posa de mal humor sempre que creu que la controlen.

—És a dir, la major part del temps, però no ara que ha hagut un assassinat. Tots els indicis apunten a ella, tret d'una cosa. L'assassí coneixia la víctima.

—Si? —La mare enfonsà les mans a l'aigua amb rentavaixelles de l'escurada—. T'ho ha dit el xèrif?

Vaig dir que no amb el cap.

—Atacar a alguna de cara implica una relació personal. Ja sigui colpejant-lo fins a la mort o cobrint-li la cara després. En Sebastien Plant coneixia el seu assassí. Pel que sé, mai havia vista la tieta Pearl.

El programa de televisió *Arxius Forenses* m'havia ensenyat que les proves estan a simple vista, i les ferides del cap i el rostre d'en Plant n'aportaven moltes.

—Veus massa programes de crims, Cen.

—Potser, però és l'únic indici que tenim. És una pista important. Hem d'atrapar qui ho hagi fet.

La mare va treure les mans de la pila i les va sacsejar en l'aire, esquitxant-ho tot d'aigual.

—La Pearl serà moltes coses, però no és cap assassina. Encara que estic d'acord que amaga alguna cosa. No em veig capaç de treure-li els secrets. No parlarà.

—Ha de fer-ho. Si no ho explica tot poden declarar-la culpable d'assassinat.

La tieta Pearl no era de les que es callen el que pensen. Una simple explicació podia descartar-la com a sospitosa, però tot i això no ens la donaria.

El seu silenci també seria una sentència a mort per a tot el poble, ja que els turistes no vindrien mentre hi hagués un assassí lliure entre nosaltres. Però Westwick Corners havia sobreviscut més de cent anys, així que, passés el que passés, si de mi depenia, duraria almenys un altre segle.

CAPÍTOL 12

*A*mb la història que havia contat o havia deixat de contar la tieta Pearl, no s'explicava la sang de la seva vareta. O algú li l'havia robada i n'havia fet ús, o l'havia utilitzada ella mateixa. Vaig visualitzar la vareta mentalment. La sang que hi havia a un dels extrems estava seca. El dia havia sigut calorós, però a la glorieta no pegava el sol. La sang hauria trigat almenys un quart d'hora en assecar-se.

Em vingueren calfreds en recordar la fredor del cos d'en Plant quan vaig caure sobre ell. Portava molt més de quinze minuts mort. Més aïna es tractaria d'hores.

—Ningú podia saber el valor que tenia la vareta de la tieta Pearl. Per què voldrien furtar-la?

—Té valor per a una altra bruixa.

La mare va deixar el darrer dels plats a l'escorreplats i va buidar l'aigua de la pila.

Això no ho se m'havia passat pel cap.

—Però la Pearl és l'única que pot desbloquejar la seva vareta.

Les varetes modernes eren d'alta tecnologia, i la de la tieta Pearl n'era una. Calia una combinació de la seva empremta dactilar i una contrasenya. Fins i tot la màgia es valia de la biometria en els temps que corrien.

—Una bruixa no necessita desbloquejar-la i utilitzar-la —va dir la mare—. En té prou amb mantenir-la lluny de l'abast de la Pearl. Així els seus poders es debiliten i no pot llençar encanteris.

—Per què voldria algú impedir-li fer màgia?

Vaig recordar la vareta encara calenta de la tieta Pearl a la glorieta. L'havia usada. Encara ens amagava alguna cosa, i això no era bon senyal.

—Ni idea. Però dubto que algú que no fos una bruixa li robés la vareta i la sabotegés. —La mare arquejà una cella—. Qui ho hagi fet vol convertir la Pearl en un boc expiatori.

—Algú vol lliurar-se dels càrrecs d'assassinat. La tieta Pearl va a la presó i l'assassí queda lliure.

La llista d'enemics de la tieta Pearl incloïa la meitat del poble, però no m'atrevia a expressar els meus temors en veu alta. Ma mare no veia els defectes de la seva germana ni la gran quantitat de gent que l'odiava. Encara que la majoria eren els habitants del poble, simples mortals sense poders especials. No assassins a sang freda.

—L'assassí es lliura de dues persones. —La mare arrufà el front—. Continuo pensant que hi ha una altra bruixa.

—Som les úniques bruixes del poble —vaig dir—. Potser hauríem de fer una llista de gent que voldria perjudicar la tieta Pearl.

—La Hazel i la Pearl estan barallades.

—No creuràs...

—No, ni tan sols la bruixa Hazel arribaria tan lluny. —La mare es va treure el davantal i el va deixar en el banc de cuina—. Però com l'assassina hagi estat una altra bruixa, la Pearl tindrà problemes greus. Mai podrà explicar-ho tot i netejar el seu nom.

És clar.

Les bruixes podien alterar les proves amb facilitat, fins i tot les conclusions del forense. La tieta Pearl no era l'única que necessitava ajuda. El xèrif Gates també passava angúnies. Si esperava que la seva estança a Westwick Corners fos una feina fàcil en un poble avorrit s'enduria una sorpresa sobrenatural. No tenia més remei, havia d'investigar la Hazel, de la qual el xèrif no en coneixia l'existència.

—Podem esbrinar d'alguna forma el parador de la Hazel?

La Hazel Black era la millor amiga de la tieta Pearl fins a un anys abans. A més de ser una bruixa dotada, era la presidenta de l'Associació Internacional de l'Art de la Bruixeria o AIAB, l'òrgan governamental de les bruixes.

No podia imaginar la Hazel arribant tan lluny com per a matar un home innocent i tirar-li les culpes a la tieta Pearl. Però, d'altra banda, la Hazel havia maleit el meu germà Alan i l'havia convertit en un *border collie*. Això no m'ho hauria esperat mai.

—Suposo que podem preguntar-li a l'Amber.

La tieta Amber era la vicepresidenta de l'AIAB i veia la Hazel a totes hores. Si confirmés el parador de la Hazel, podríem descartar-la ràpidament com a sospitosa. La tieta Pearl no hauria volgut involucrar l'Amber, però no teníem elecció.

—I si li ho diu a la Hazel? Es preguntarà a què ve l'interrogatori.

—Arribats a aquest punt, crec que haurem de fer-ho.

La mare es va eixugar les mans i va espetegar els dits.

Un holograma aparegué davant de nosaltres. La tieta Amber es passà la mà pels cabells vermells i es col·locà una grenya darrere de l'orella. El seu aspecte era tan bell i cuidat com sempre, però semblava distreta, com si l'haguéssim interromput.

—Pobres de vosaltres si no és una cosa bona. Estic enmig d'un encanteri.

L'Amber, al igual que la Hazel, vivia a Londres. Westwick Corners no era suficient per a ella.

—Ho sento. És important —digué la mare.

—Aquí són només les sis del matí. Ja saps que no funciono bé pels matins. Doncs això, espero que sigui bo.

Per a nosaltres encara era divendres per la nit, però a Londres anaven nou hores per davant. El xèrif ens informaria de l'hora de la mort quan el forense li ho confirmés, però l'assassinat s'havia produït entre les dotze del migdia i les tres de la tarda, quan descobrírem el cos. A Londres això volia dir entre les nou i les dotze de la nit.

—Tem que no es molt bo. —Li vaig resumir ràpidament els esdeveniments del dia, l'assassinat i els indicis que incriminaven la tieta Pearl—. La Pearl i la Hazel encara no es parlen. Potser la Hazel li ha parat un parany i ha deixat la seva vareta a l'escena del crim.

Com a bruixa, la Hazel podia anar i vindre de Londres en menys d'una hora. Com que no teníem més proves, havíem de descartar qualsevol sospitós sobrenatural. No apareixerien mai a la investigació del xèrif Gates.

—La veritat és que Hazel es molt venjativa, però no la veig assassinant un innocent desconegut per culpar la Pearl —digué la tieta Amber.

—No estem culpant la Hazel, però tampoc podem descartar-la. Saps on va estar anit?

La tieta Amber s'arronsà d'espatlles.

—Suposo que dormint, com tota la resta, Cen. No l'he vista des que va sortir de treballar divendres i no la tornaré a veure fins dilluns de matí a l'oficina. No sé què fa fora de la feina.

—Algú que no sigui la Penny pot confirmar el seu parador?

La Penny Black era la filla de la Hazel. A més, la Penny també era l'ex del meu germà i la raó de l'encanteri de *border collie* de la Hazel. La Hazel vivia tota sola. La Pearl era, o havia sigut, la seva única amiga.

—Has provat a preguntar-li al seu xicot? —La tieta Amber es portà una ungla de color magenta als llavis del mateix color—. Probablement ell ho sàpiga.

—La Hazel té un xicot?

No m'imaginava ningú volent sortir amb la Hazel. A més de la seva personalitat dominant, solament es preocupava pels negocis. No només era la presidenta de l'AIAB, sinó que també era una emprenedora molt astuta.

—A mi també em va sorprendre. Porten uns mesos junts. No recordo bé el seu nom. Seb... no-sé-que.

—Sebastien Plant?

Ma mare es quedà muda de la sorpresa i semblava que anés a caure.

—Sí, això és. El coneixes? —La imatge de la tieta Amber s'esborronà—. He d'anar-me'n... se'm crema la poció.

—Espera!

Massa tard. La tieta Amber havia marxat.

Em vaig girar cap a ma mare.

—L'assassí d'en Sebastien Plant deixà una nota amb ortografia britànica, la Hazel és britànica. Creus que ho va fer ella?

Ma mare negà amb el cap.

—Ni la Hazel ni la Pearl són capaces de fer una cosa així, Cen. Hem de parlar amb elles com més aviat millor.

El rostre ensangonat d'en Sebastien Plant reaparegué en la meva ment. Tant la Hazel com la Tonya el coneixien íntimament, però només la Hazel era britànica.

La Hazel i la Pearl no es parlaven, però havien sigut amigues durant dècades. Era possible que la Pearl estigués encobrint la seva amiga?

CAPÍTOL 13

L'única cosa que havíem tret de la tieta Amber era la bomba de l'aventura de la Hazel amb en Sebastien Plant, però no va aclarir l'assumpte ni va resoldre el nostre problema immediat.

La Pearl estava desapareguda de nou. Havia de trobar-la perquè no sabia fins on podria arribar per a recuperar la seva vareta. La mare estava a punt de patir un atac d'ansietat i la Pearl podia provocar-li'l.

—Has de vigilar-la, Cen. No puc deixar l'hostal i em preocupa que faci una bogeria. Hem invertit molt en aquest negoci, la Pearl pot llençar-ho tot a perdre en un instant.

Aquesta vegada, la mare no exagerava.

—La trobaré.

Sortiria per la porta principal i creuaria el carrer per a anar a Embruix. La darrera persona a qui volia veure en aquell moment era en Brayden, però probablement estaria massa ocupat atenent els clients com per a reparar en mi.

Buscaria la tieta Pearl al bar i sortiria a corre-cuita d'allí. Quan vaig obrir la porta principal, quasi vaig ensopegar amb una rossa ben dotada amb un brillant vestit de nit de lamé daurat. El seu vestit *vintage* semblava fora de lloc, però em resultava familiar.

Només vaig veure la parta baixa del vestit, però vaig reconèixer el talismà del braçalet de la tieta Pearl quan va passar pel meu costat. La Carolyn Conroe, l'alter ego inspirat en Marilyn Monroe de la tieta Pearl s'encaminà directament cap a el bar.

Se'm va encongir el cor. Les hores passaven i no podria parlar amb la tieta Pearl sobre en Sebastien Plant i la Hazel fins que recuperés la seva forma habitual. I això podria portar una estona, depenent de en quants problemes es fiqués.

—On puc aconseguir un còctel en aquest cau?

La veu de la Carolyn s'elevà per sobre del rebombori i totes les converses cessaren de colp.

En Brayden li va fer un gest despectiu.

—Pot esperar? La *happy hour* comença en un quart d'hora.

En Brayden mai havia entès el concepte de *happy hour*. En lloc d'incitar els clients al començament de la nit, oferia descomptes als qui portaven prou temps esperant. La gent s'aprofitava del seu estrany horari i sempre apareixien ben entrada la nit.

L'única cosa bona de l'estranya promoció d'en Brayden era que la Carolyn encara no tenia una copa en la mà. Ell també coneixia l'alter ego de la tieta Pearl, però creia que Carolyn Conroe provenia d'un trastorn de la personalitat i massa maquillatge. Així de bona era la màgia de la tieta Pearl. Desafortunadament, les seves aparicions mai eren bones, així que esperava que en Brayden tingués bastant aigua per rebaixar-li les begudes. Una Carolyn beguda era massa, molt pitjor que una Pearl sòbria. Podia fer qualsevol cosa.

La Carolyn llençà el cap enrere i deixà escapar una rialla gutural.

—Tornaré a per tu, amor.

En Brayden es posà vermell. La Pearl l'havia avergonyit com a revenja.

Tothom mirà la Carolyn Conroe quan una corrent d'aire, que sabia d'on venia, li aixecà la faldilla. Un somrís picardiós es dibuixà al seu rostre. Es col·locà la faldilla lentament, no sense abans buscar amb la mirada tots els homes que hi havia al local.

Es formà una multitud al voltant de la Carolyn. Se la veia gaudir de cada segon que era el centre d'atenció.

Vaig ignorar els xiulits i vaig escanejar el bar amb la mirada. Estava de gom a gom, els visitants s'integraven entre la gent del poble. Vaig notar amb satisfacció que quasi tots els hostes hi eren presents. Mentre es quedessin al bar no veurien la cinta policial que encara envoltava la glorieta.

Vaig veure la Tonya Plant tota sola en una taula al racó. Era quasi tan coneguda com en Sebastien. Encara que eren una parella una mica estranya. La Tonya tenia poc més de trenta anys, era almenys vint anys més jove que en Sebastien. Se la veia petita comparada amb l'obesitat mòrbida del seu marit. Tenia els cabells rossos molt curts i portava un regi vestit d'alta costura amb petits rosetons brodats. Colpejava distretament el sòl amb el seu tacó d'agulla mentre subjectava una copa de vi roig. Mirava bocabadada les extravagàncies de la Carolyn.

Ella s'adonà i anà directament cap a la taula de la Tonya.

Genial.

Vaig fer una ullada a l'entrada i vaig veure la mare just al llindar de la porta. D'algun mode, s'havia assabentat dels plans de la Pearl. En veure-li la cara, em vaig adonar de com de preocupada estava.

Em vaig apropar a ella i la vaig fer a un costat.

—Hem d'aturar la tieta Pearl. —Ja era sospitosa d'assassinat i estava buscant baralla. No era el millor moment perquè la Carolyn cridés l'atenció—. Pots fer-la entrar en raó?

La mare digué que no amb el cap.

—No m'escoltarà. Almenys mentre sigui aquí no xafardejarà a les habitacions dels hostes. La feina d'encarregada de manteniment devia mantenir-la ocupada i lluny dels problemes, i no li era difícil perquè podia usar la màgia. El nostre objectiu es llençà a perdre quan va tafanejar en l'habitació de la Tonya.

Vaig recordar els plans de desenvolupament i vaig témer el pitjor.

La mare em va agafar del braç.

—Creus que la Pearl sap allò de la Hazel i en Sebastien?

—No ho sé. La Hazel i la Pearl porten sense parlar-se un parell de mesos. Si ho sap i no li ho ha dit al xèrif semblarà encara més sospitosa.

Si no la conegués, jo també sospitaria d'ella. Tot el que feia semblava sospitós. A la tieta Pearl li agradava crear polèmica. Si coneixia l'aventura entre la Hazel i en Sebastien, no hi havia dubte que la Tonya ho descobriria prompte, si no ho sabia ja.

Seguírem la Carolyn amb la mirada mentre travessava la pista de ball fins a arribar a la taula de la Tonya. Se m'accelerà el pols quan vaig posar la mare al corrent del que la Pearl havia tractat de fer a la glorieta.

—Em sembla estrany que hagi anat a recuperar la vareta. Si algú li l'havia robada, com sabia que estava allà? Hauria d'haver sabut que se l'endurien com a proba. —De sobte se m'encengué una pereta. Convertir-se en Carolyn Conroe també requeria màgia i era molt més difícil que encendre un foc com havia tractat de fer a la glorieta—. Com pot fer màgia sense vareta?

—Està utilitzant alguna cosa. —El rostre de la mare s'entristí—. Però encara no sé què. A vegades m'agradaria que s'aturés un segon a pensar, com fem els altres. He de tornar a l'hostal. Vigila-la, Cen.

La mare se'n anà i la Carolyn segué sola a unes taules de la Tonya.

Estava tan ficada als meus pensaments que m'havia recorregut tot el bar sense adonar-me'n.

—El mateix de sempre? —em preguntà en Brayden fent-me l'ullet mentre deixava un refresc de nabius davant de mi.

Hauria preferit alguna cosa més forta, però vaig suposar que havíem tornat a la normalitat. Les aparences poden impulsar o acabar amb una carrera política, i, com a futura esposa, tot allò que jo feia l'afectava. Almenys, això és el que creia en Brayden.

Em vaig acabar el refresc mentre ell atenia altres clients. Atesos a les circumstàncies, potser la beguda que m'havia servit era la millor. Un sol glop d'alcohol reduïa la meva força de voluntat contra en Brayden. A més, també afectava els meus poders, i amb una ràpida ullada al local, vaig entendre que potser necessités la màgia per a intervenir la tieta. La Pearl, o la Carolyn, havia tornat a canviar de lloc i havia assegut a la taula de la Tonya. Cantava *Diamonds are a Girl's Best Friend* amb veu profunda i movia el cap com una diva del pop.

La Carolyn va anar apropant-se fins que els seus cabells es ficaren a la beguda de la Tonya. Aquesta va moure la seva cadira cap a enrere mentre la Carolyn cada vegada s'inclinava més cap a davant. Va perdre l'equilibri i va caure directament sobre la Tonya Plant.

La Tonya cridà.

Vaig saltar immediatament de meu tamboret i em vaig interposar entre les dues dones en un tres i no res.

Vaig aixecar la Carolyn i la vaig apartar de la Tonya. Aquesta estava escandalitzada. Tenia una expressió enfadada i el vestit de disseny tacat per una copa de vi.

—Què dimonis fa?

Vaig fulminar la meva tieta amb la mirada abans de veure la Tonya. Vaig ignorar la gran taca vermella que s'estenia pel seu vestit groc pastel. Afortunadament, estava tan ocupada cridant-li a la Carolyn que encara no l'havia vista. Això em donava l'oportunitat d'eliminar-la. Tenia un intent per fer un encanteri que no havia practicat en anys.

Un, dos, tres, l'esborraré...

Vaig espetegar els dits, vaig aguantar la respiració i vaig esperar que sortís efecte.

Havia rebobinat el temps deu minuts. O, almenys, és el que havia tractat de fer amb la meva màgia oxidada. Semblava haver funcionat, ja que no hi havia cap taca de vi, ni cap taula girada, ni la Carolyn rondinant. Havíem tornat enrere en el temps, un minut o dos abans que les coses comencessin a anar-se'n de mare.

Havia de fer que aquesta vegada tot anés bé. Vaig espetegar els dits dues vegades i vaig conjurar un encanteri d'amistat.

Va funcionar.

De sobte, les dues dones eren amigues i no adversàries. La Carolyn Conroe cantava *River of No Return* recolzada sobre la taula de la Tonya.

—Bravo! —reia la Tonya, contenta perquè algú s'hagués fixat en ella. L'única cosa que destacava al seu vestit eren els rosetons rosa pàl·lid. La Tonya bevia de la seva copa de vi, mentre gaudia de la sere-nata de la Pearl.

La Carolyn aixecà els braços i entonà la nota final.

Tot el bar va romandre en silenci uns segons fins que la Tonya esclatà a aplaudir. La Carolyn saludà i la resta de clients s'afegí a l'aplaudiment. La Carolyn va llençar un petó i va tornar a saludar.

Estava molt satisfeta amb el meu final alternatiu, encara que la Carolyn clarament no ho estava. Em mirà des de l'altra punta i aixecà el dit.

Vaig somriure i la vaig saludar. Era una de les poques vegades que desitjava haver practicat més màgia. Si ho hagués fet, la tieta Pearl tampoc se n'hauria adonat de les meves acciones. Tanmateix, no podia fer res al respecte.

Esgotada, vaig tornar al meu tamboret. Els encanteris havien acabat amb la poca energia que em quedava.

CAPÍTOL 14

_—_Necessites una beguda de veritat. —En Brayden em mirà i posà una ampolla de vi roig i una copa sobre la barra. Era una ampolla d'*Hora de les bruixes*, el nostre millor anyenc. Omplí la copa i la posà davant de mi—. Fes com si ella no fos aquí.

Em vaig beure mitja copa.

—No puc ignorar-la. Em preocupa el que pugui fer.

En Brayden sabia que érem bruixes, més o menys. Creia que només era una part estranya del llegat familiar. Sabia alguna cosa de l'Escola d'Encanteri Pearl i de les pocions de la mare, però no s'ho prenia seriosament. Ho equiparava a àmbits com l'astrologia o la lectura de mans. Considerava que eren ambicions una mica excèntriques. En qualsevol cas, anàvem amb compte de no usar la màgia quan estava davant.

Ignorava el fet que acabava de rebobinar la seva vida uns minuts. Llàstima que no pogués fer-lo oblidar el nostre compromís. M'anguniava haver de donar-li la notícia, sobretot ara que estava sent tan dolç amb mi.

—Tindré vigilada la Pearl. Tranquil·la, Cen.

Pocs homes acceptaven fàcilment casar-se amb una bruixa i, en certa manera, en Brayden sabia on es ficava. No sabria explicar la meva situació a algú que no hagués crescut amb nosaltres a Westwick Corners. Simplement, tenia sentit que ens caséssim. Era una lògica que em deprimia. Només perquè fos fàcil casar-me amb ell, no significava que havia de fer-ho.

Em vaig veure el vi sentint-me culpable per les pobres ànimes del bar a les quals els havia esborrat els últims minuts de les seves vides i els els havia substituït per una versió alternativa. Tan de bo pogués retrocedir el rellotge i evitar l'assassinat d'en Plant. Era massa tard per a això. L'únic que podia fer era ajudar el xèrif Gates a trobar l'assassinat i fer justícia.

La tieta Pearl, o la Carolyn, em va seguir fins a la barra. Aixecà la copa de vi i xiuxiuejà:

—Et queixes de la meva màgia. —Va trontollar sobre els tacons d'agulla i amenaçà amb tornar a derramar el vi—. Però qui abusa ets tu, Cendrine West.

Per un instant, em vaig sentir com una nena de cinc anys a qui renyen. Però vaig recuperar la meva voluntat.

—Canvia't, tieta Pearl.

Vaig usar la màgia com a últim recurs, si alguna ocasió ho requeria, havia sigut la que acabava de viure. El futur de tot el poble estava en mans del civisme de la Pearl. Però havia d'anar amb compte, ja que desfer la màgia d'una altra bruixa provocava greus problemes, encara que fos la meva tia.

Especialment perquè era una bruixa molt més poderosa que jo.

—Ssh. —Es posà un dit sobre els llavis—. Descobriràs la meva tapadora.

—Has begut?

Era difícil saber si la seva inestabilitat es devia als tacons d'agulla o a un excés d'alcohol.

M'ignorà.

—No t'agrada el meu vestit, Cen? És nou.

S'aixecà el vestit fins al maluc mostrant la pell. El seu tamboret es balancejà i quasi derrama el vi de nou.

—No parlava de la roba. Desfés l'encanteri de la Carolyn.

—Però si acabo de transformar-me —es queixà la tieta Pearl—. És dels meus preferits.

—Si us plau, tieta Pearl. Hem de parlar. Ets conscient de que ets l'única sospitosa de l'assassinat d'en Sebastien Plant?

—M'estàs acusant d'assassinat?

La tieta Pearl deixà la copa sobre la barra bruscament esquitxant-ho tot de vi.

—És clar que no. —Em netejà unes gotes de vi de la cara—. Però totes les proves t'assenyalen. Només a tu. També hem de parlar de la Hazel.

—De la Hazel? —preguntà estranyada.

—Aquí no. Hem d'anar a un lloc privat.

Em feia por contar-li el suposat romanç entre la Hazel i en Sebastien, però no tenia ningú més a qui acudir. Ens podia dur al desastre, ja que la tieta Pearl no era gaire bona guardant secrets.

Se li il·luminà el rostre.

—Anem a l'Escola d'Encanteri Pearl. Però només si acceptes assistir a les meves classes de màgia.

—Penses canviar-te i recuperar el teu aspecte normal?

O almenys, el que volia dir normal per a la tieta Pearl.

Va assentir.

—També vull recuperar la meva vareta.

—El primer es el primer. —No podia fer gaire per recuperar la seva vareta, però no li ho diria. La meva prioritat era neutralitzar la tieta Pearl abans que arribés més lluny—. Em matricularé a la teva estúpida escola de màgia amb la condició que prometis no fer més trucs en tot el cap de setmana.

Els ulls li lluïren d'emoció.

—Ho faràs?

—Sí. —Ja m'estava lamentant de la meva promesa—. Però només si aconseguim que la inauguració vagi segons el que hem planejat i si respons les preguntes del xèrif sobre l'assassinat. Ens veiem a l'escola en mitja hora.

L'Escola d'Encanteri Pearl s'especialitzava en embruixos i encanteris, dues àrees en les quals era tremendament deficient. No tenia cap desig de millorar, però estava disposada a fer tot allò que calgués per controlar la tieta Pearl i evitar el desastre.

Abans que pogués acabar la frase, va sortir per la porta. Vaig observar per damunt amb satisfacció els clients del bar, les accions dels quals es resumien en jugar a bitllar, a dards o a el que estiguessin fent abans de l'aparició estel·lar de la Carolyn Conroe. Alguns dels habitants del poble ja se'n havien anat. Poc a poc, Embruix va tornar a tenir l'aforament habitual.

La Tonya Plant s'acabà el vi tota sola. Els investigadors havien acabat amb la seva habitació, però semblava no tenir pressa per tornar. Se la veia prou contenta, tenint en compte que hauria d'estar de dol.

En veure-la em vaig qüestionar la relació que tindrien. Semblaven una parella feliçment casada, però ningú sabia què s'amagava darrere d'un matrimoni. Sobretot en el cas de personatges públics com els Plant.

No creia que la Tonya tingués la força suficient com per a fer-li mal. Ell podria haver-la desarmat fàcilment. El mateix ocorria amb la tieta Pearl, encara que era bruixa i podia afegir la força sobrenatural amb la vareta. Però no tenia motius per fer-ho.

Només un home d'una grandària similar a la d'en Sebastien Plant podia haver-ho fet, ja que aquest tenia ferides en la part alta del cap.

Pels programes de televisió policíacs, sabia que el vuitanta per cent de les víctimes eren assassinades per les seves parelles. La Tonya podia haver contractat algú que matés el seu marit. Si coneixia la seva relació amb la Hazel tenia un mòbil important. Com a esposa d'en Sebastien, devia ser sospitosa, però no estava segura que el xèrif conegués la infidelitat. El que era ben cert era que la Tonya no era cap vídua afligida i anava a demostrar-ho.

CAPÍTOL 15

Eren quasi les deu de la nit quan vaig arribar a l'Escola d'Encanteri Pearl. Em va tranquil·litzar veure els llums encesos. La tieta Pearl estava segura allà dins, i lluny dels problemes, almenys de moment. En apropar-me vaig veure un senyal de neó en forma de granera a la finestra davantera. La paraula OBERT parpellejava en llum blanca dins de la granera verda.

L'odi de la tieta Pearl als senyals de la carretera no semblava estendre's al seu propi cas. Era de tot excepte subtil. No m'agradava que la tieta Pearl presumís sobre la seva escola de bruixes d'una manera tan òbvia, però m'alegrava veure que li donava un bon ús a l'antiga escola.

Quan vaig obrir la porta, sonà una campaneta anunciant la meva arribada. La vella escola era tal com la recordava dels meus dies de primària. Fins i tot la pintura i el linòleum eren els mateixos.

—Aquí.

La veu de la meva tia ressonà per tot el vestíbul i la vaig seguir fins a la primera aula. L'escola fou construïda a principis del segle XX amb dues aules, suficients per a la població de l'època. Tancà uns anys abans perquè no podíem permetre'ns pagar el professorat. Des d'aleshores, un autobús escolar recollia els nostres nens i els portava a la gran escola de Shady Creek, un trist senyal dels temps dolents que corrien.

La tieta Pearl estava ocupada encenent espelmes a l'ampit d'una finestra.

—Per què tanta obsessió amb el foc?

Vaig avançar fins al centre de la classe i vaig mirar al voltant. Havia d'admetre que la llum de les espelmes dotava l'aula de cert ambient. En una paraula, era encantador.

Malgrat tot no estava disposada a admetre-ho davant de la tieta Pearl.

—Tranquil·litza't, Cen. No cal estar sempre tan seriosa.

—Potser no ho estaria si no hagués d'estar constantment lliurant-te dels problemes.

A vegades ocupar-se de la tieta Pearl era una feina a jornada completa. Ja tenia suficient amb els meus problemes.

—No estic en problemes, i sé cuidar de mi. Deixa de preocupar-te tant.

—Estàs en greus problemes. Si no em preocupo per tu destruiràs el nostre negoci abans i que arranqui. Per què has mentit i has dit que eres amb la mare? M'ha dit que no és cert. No tens coartada, oi?

La tieta Pearl rodà els ulls.

—No et rendeixes mai, Cen.

—Açò és important, tieta Pearl. Si no desviem la investigació en una altra direcció podries ser culpada d'assassinat.

—D'acord. —Es creuà de braços i em mirà—. Estava amb la Hazel. Ha arribat aquest matí.

—No m'ho crec. Ni tan sols us parleu.

Vaig sospirar en pensar en el meu germà Alan.

—Havíem pactat una treva, Cen. Els temps difícils requereixen mesures desesperades.

—Temps difícils? —vaig preguntar confosa però amb una espurna d'esperança—. La Hazel encara és aquí? Potser podria tornar-li a l'Alan la seva forma humana.

La tieta Pearl negà amb el cap.

—No, no estem tan bé. El que passa és molt seriós, i Travel Unraveled és al bell mig de l'embolic. Hem d'aturar-los.

—Però l'Alan està impacient per...

—Ara no, Cen. —Aixecà la mà com si estigués dirigint el trànsit—. Estem en guerra.

—Hem de treure endavant un negoci, tieta Pearl. En Sebastien Plant ens hauria aportat molta publicitat. Ara el poble serà conegut com l'escenari del seu assassinat. Quan ha arribat la Hazel?

Dues bruixes inquietes eren molt pitjor que una.

La tieta arronsà les espatlles.

—Sobre les nou del matí.

—Ha tingut temps de cometre l'assassinat. —Vaig escanejar la sala però no vaig veure rastres de la Hazel—. On és?

—Ha marxat cap a Londres fa una hora.

Vaig sentir una vegada més el pes de la derrota. Seguíem quasi al punt de partida de la investigació, i les meves esperances que Alan recuperés la seva forma humana s'havien esfumat.

Com a amant d'en Sebastien, la Hazel tenia un motiu de pes. La coartada de la tieta Pearl no tenia gaire valor tenint en compte que només podia corroborar-la una altra sospitosa potencial.

—Algú us ha vist juntes?

—No. Ens hem quedat aquí i ens hem fet un cafè. Només hem estat arreglant uns assumptes.

—És la mentida més ridícula que he sentit mai. —Em vaig creuar de braços i vaig arquejar les celles—. Vosaltres dues mai seieu. La Hazel no hauria travessat mig planeta només per parlar.

—D'acord, potser hem estat a la glorieta. La Hazel i jo hem seguit en Sebastien Plant fins a la glorieta per espantar-lo una mica i que se'n anés del poble. Aleshores hem vist el seu atacant, un noi amb una caputxa negra. No tenim res a veure amb l'assassinat, ho juro. La Hazel estava tan enfadada que se'n ha anat del poble immediatament. Pots dir-li això al xèrif.

—Per què no li ho dius tu? Bé, pensant-ho millor, no ho facis. Mencionar la Hazel obri les portes a una infinitat de preguntes que podrien treure a la llum el nostre secret. Explicar que pot teletransportar-se de Londres a aquí en uns minuts complica les coses. —També les complicava la seva aventura amb en Sebastien Plant, però la considerava innocent. Semblava que seria més fàcil trobar el veritable assassí que demostrar la innocència de la Hazel i la Pearl—. Explica'm tot allò que sàpigues de l'encaputxat, és la nostra única pista fins al moment.

—Ha sigut un dia molt llarg, Cen. Fem-li una visita a Morfeu. —La tieta Pearl es posà en peu i m'acompanyà pel passadís—. Tramaré un pla que ens tregui d'aquest embolic.

Vaig aixecar els braços en senyal de protesta. Estava segura que els plans de la tieta Pearl conduirien a més desastres. D'altra banda, si li posava més pegues estaria encara més negada a col·laborar.

—Doncs, bé. Però vull parlar amb la Hazel per confirmar la teva història.

Vaig fer una última ullada al meu voltant i em vaig adonar que ma tia havia estat treballant en l'antiga escola al mateix temps que a l'hostal. Causava molts problemes, però quan li interessava treballava com ningú. L'Escola d'Encanteri Pearl semblava una escola real. Havia restaurat els pupitres i les prestatgeries de les parets estaven plenes de material escolar per estrenar. L'única cosa que la diferenciava d'una escola corrent era la bola de cristall a la taula del professor i una pissarra plena d'encanteris en lloc d'aritmètica.

—És el que crec que és? —Em vaig apropar a la pissarra i vaig examinar un objecte al compartiment del guix que em sonava familiar —. No sabia que tinguessis una segona vareta.

—No la tinc.

—Però s'emportaren la teva vareta com a prova. La tenen confiscada en comissaria. —Se m'obriren els ulls com a plats—. No em digues que l'has agafada.

—D'acord, no t'ho diré. Hora d'anar-se'n a dormir.

Somrigué alegrement i m'empentà cap a la porta.

—I si la teva vareta tingués les empremtes de l'assassí? Potser hagis destruït l'única prova que podia descartar-te de la llista de sospitosos.

Esperava que la policia hagués mirat les empremtes abans que la tieta Pearl l'agafés.

Inclinà el cap cap a enrere i s'esclatà a riure.

—No és cap prova, ja que no tinc res a veure amb l'assassinat d'aquell home. Tothom es centra en l'assassinat, però s'ha comés un altre delicte important. A ningú li importava la meva vareta robada, així que he fet justícia pel meu compte i l'he recuperada.

—Voldràs dir que l'has robada. És el que has fet en agafar-la de les proves de la policia. Com vols que t'ajudi si no vols deixar-te ajudar?

L'alteració de proves tenia conseqüències greus.

La tieta Pearl m'ignorà.

—Tinc dret a tenir les meves pertinències.

—És una mica tard per a això, però no he vingut per criticar-te. Vull preguntar-te una cosa, coneixies el romanç entre en Sebastien Plant i la Hazel?

El seu rostre es transformà en una expressió de sorpresa.

—De debò?

—No juguis amb mi. Estàs encobrint la Hazel, però la tieta Amber m'ho ha contat tot. —Estava exagerant, però si l'Amber ho sabia, la tieta Pearl, que era la millor amiga de la Hazel, havia de saber-ho del cert—. Per això anàreu les dues a la glorieta, oi?

La tieta Pearl tensà els llavis i es prengué el seu temps per respondre.

—D'acord, sabia que tenien una relació. No estic d'acord amb els actes de la Hazel, però ella mai mataria en Seb, així que vaig pensar que no tenia sentit mencionar-ho. No volia complicar les coses.

—Maten l'amant de la Hazel a la nostra propietat i no creus que tingui sentit mencionar-ho? —Vaig pensar que amb els pocs detalls que m'havia donat la tieta Amber—. Què més saps d'en Sebastien Plant i no m'estàs contant?

—Tenia planejat divorciar-se de la Tonya i casar-se amb la Hazel. —Acaricià l'estrella de la seva vareta—. La Hazel estava preocupada per la seguretat d'en Seb, així que em demanà que l'ajudés a tenir-lo vigilat.

—Per bona que sigui, no em crec aquesta història. —Eren una parella encara més estranya que la de la Tonya i en Sebastien. La Hazel tenia més de setanta anys, i en Sebastien Plant al voltant de cinquanta i estava amb una atractiva dona d'uns trenta anys—. La Hazel és quaranta anys major que la Tonya.

—No siguis beneita, Cen. La Hazel es transforma, igual que jo amb la Carolyn Conroe. La Tonya també ho fa. —Sospirà—. Els homes són tan ximples.

La revelació em va agafar per sorpresa.

—La Tonya és bruixa?

Vaig recordar el que havia dit la mare sobre que la vareta de la tieta Pearl podia ser atractiva per a una altra bruixa. L'havia agafada la Tonya per a evitar represàlies per part de la tieta Pearl?

La tieta Pearl assentí.

—És impossible. Una bruixa no hauria cregut el teu espectacle de la Carolyn Conroe.

—La Tonya sabia exactament el que estava passant. Només tractava de mantenir les aparences. Ja li costa bastant aparentar el dol propi d'una vídua. —La tieta Pearl somrigué amb superioritat—. És una bruixa mediocre i la seva màgia no és res d'especial. Encara que és bona en una cosa.

—En què?

—En embruixar els homes. Tu també podries ser bona si t'esforcessis una mica.

—Et refereixes al que tu fas quan la Carolyn Conroe es posa en mode seductor?

La tieta Pearl rodà els ulls.

—Si passessis una mica de temps a l'AIAB i al món màgic no hauria d'explicar-te tots els detalls. Però al fi comences a entendre. No tan sols és bruixa, sinó que va darrera d'una cosa que nosaltres tenim.

—Vas a dir-me què és o també ho he d'esbrinar?

—La Tonya vol el poble, Cen. Per això vaig cremar el senyal. No podia deixar que el trobés. —S'eixugà una llàgrima imaginària—. Vaig fracassar estrepitosament.

—Per què caram voldria Westwick Corners? Els Plant són multimilionaris. Posseeixen pràcticament la totalitat de la indústria viatgera amb tots els seus espectacles, llibres i complexos de vacance. Hi ha molts més indrets per a un complex que aquest poble fantasma.

En escoltar aquestes paraules em vaig adonar que ni tan sols jo creia en el futur del nostre poble.

Molt trist.

—Espero que açò no ens porti tota la nit. Westwick Corners es troba sobre un dels vòrtexs d'energia de la Terra. No és tan conegut com altres com Stonehenge, Sedona o Arizona. Ens agrada mantenir-lo en secret. De fet, és la veritable raó per la qual la nostra família s'assentà aquí. Amplifica els nostres poders. Ho entens?

Vaig assentir. Coneixia vagament l'existència de vòrtexs d'energia, però la història de poders especials i portals a altres dimensions em semblava ridícula.

—No veig com podria aturar-la destruir el senyal de l'autovia. Qualsevol bruixa digna de ser-ho sap rastrejar un vòrtex d'energia.

—Només si està suficientment prop com per a percebre'l. Per això estic en contra del turisme, Cen. He fet tot allò que he pogut per mantenir-la allunyada, però no ha sigut suficient. Ara és massa tard —ploriquejà, aquesta vegada amb llàgrimes reals—. El gran complex Travel Unraveled de la Tonya convertirà Westwick Corners en Las Vegas del món màgic. Una parada més de l'itinerari sobrenatural.

—Tot el que existeix avui serà destruït i asfaltat. M'encanta aquest lloc, Cen. Preferiria morir abans de veure com arruïnen els nostre petit fragment de paradís.

Mai havia vist la tieta Pearl tan afectada, però no és que estigués als seus cabals.

—Però, en qualsevol cas, el que Travel Unraveled hagués fet hauria sigut revitalitzar el poble. Atrauria més gent encara que fos promocionant el vòrtex. Sortiríem guanyant tots.

—Un complex per a bruixes, Cen. Tot el món sobrenatural cauria sobre nosaltres. El poble es massa fràgil per a allotjar tants éssers sobrenaturals. Serà un malson. No tens ni idea del mal que pot arribar a provocar.

—Però els altres complexos de Travel Unraveled no són per bruixes.

La tieta Pearl em mirà i negà amb el cap.

—Tens tant per aprendre, Cen... Espero que no sigui massa tard.

CAPÍTOL 16

*V*aig mantenir la promesa que havia fet a la mare i vaig escortar la tieta Pearl fins a l'hostal abans d'anar-me'n a casa. No podia assegurar que es quedés allí, però era l'única cosa que podia fer. Després de tot el que m'havia contat, esperava més problemes, sobretot amb la tieta Pearl i la Tonya sota el mateix sostre. Estava a punt de succeir alguna cosa horrible.

Vaig travessar el jardí amb pesadesa fins a arribar a casa. Sempre m'havia agradat que la meva casa de l'arbre estigués apartada de la propietat, però aquella nit, l'aïllament em va fer sentir incòmoda. Al cap i a la fi, hi havia un assassí lliure.

M'alegrava que la Hazel i la tieta Pearl haguessin fet les paus, però també temia que totes dues juntes poguessin desencadenar alguna cosa irreversible. Pensava trucar la Hazel a primera hora del matí i que m'expliqués la seva visita i em parlés de l'estrany home de la glorieta. O bé corroboraria la versió de la tieta Pearl, o bé es descobriria la mentida de totes dues. L'atacant de la caputxa negra corrent per la gespa podia ser una invenció, però no tenia més fils dels quals estirar.

Quan vaig arribar a l'entrada ja estava mig adormida. Havia sigut un dia molt llarg. Vaig ascendir per l'escala de caragol de fusta que portava a ma casa. La casa estava edificada sobre un enorme roure. Al llarg dels anys, l'estructura original havia estat modificada i ampliada sobre les branques més fortes. L'arbre també havia crescut, de fet, una de les branques ho havia fet dins del menjador.

Vaig reflexionar sobre el que havia comentat la tieta Pearl sobre en Sebastien Plant i el divorci. Això li donava a la Tonya un mòbil per a l'assassinat. Però si ella havia comès el crim, no ho havia fet sola. En Sebastien era el doble de la seva grandària, per començar.

Vaig recordar una vegada més la nota de l'escena del crim. Vaig poder visualitzar les paraules a la meva ment, com si la tingués davant. Vaig repassar les primeres línies mentre muntava el darrer tram de l'escala.

A INDRETS LLUNYANS HAS ANAT,
   però hauries d'haver-te amagat,
   feies negoci amb Travel Unravelled,
   però aquí per a tu no tenim hostalatge.

EM VAIG QUEDAR petrificada en tornar a veure l'ortografia britànica.

La Hazel era britànica.

La tieta Pearl no.

La visita de la Hazel coincidia amb l'assassinat. Encara que semblava incapaç de matar, tampoc la coneixia tan bé. Al cap i a la fi, potser sí que fos culpable.

Em vaig estremir i vaig obrir la pesada porta de fusta. En creuar el llindar, vaig decidir oblidar-me de tot per una nit. Estava que em moria de son i ja era tard. Almenys, en les pròximes hores podria fugir al meu castell propi d'un conte de fades i oblidar la resta del món. L'única cosa que volia era ficar-me al llit i tancar els ulls. Els problemes seguirien igual al dia següent.

Vaig veure un esborrall blanc i negre quan l'Alan corregué cap a la porta movent la cua de *border collie*. Almenys, algú s'alegrava de veure'm. Vaig sentir una fiblada de culpabilitat quan em va conduir a la cuina i em va mostrar el plat buit amb morro.

Li havia deixat menjar quan me n'havia anat prompte de matí, però no esperava arribar tan tard. Pobrissó. Li vaig omplir el bol de menjar i aigua i el vaig veure devorar el sopar mentre seguia pensant en la Hazel. La darrera vegada que vaig veure havia sigut un mes abans, quan va discutir amb la tieta Pearl.

L'Alan em donà l'excusa perfecta per posar-me en contacte amb ella. Podia suplicar-li que tornés l'Alan a la seva forma humana, i, ja que estàvem, descobrir el seu parador a l'hora de l'assassinat.

—Gràcies a Déu! Per fi a casa!

Una aparició fantasmagòrica levitava a la porta de la cuina.

Se m'aturà el cor fins que vaig recordar que l'àvia Vi, també coneguda com a Violet West, s'havia mudat a ma casa el dia anterior per la tarda després de molt protestar. La seva antiga habitació s'havia convertit en una habitació per a clients de l'hostal. Érem companyes de pis temporals fins que jo em traslladés amb en Brayden en unes setmanes. No ens agradava la situació a cap de les dues, però no teníem elecció.

—M'estaves esperant desperta?

L'idea em va causar tendresa.

—No siguis beneita, Cen. Els fantasmes no dormen —bufà l'àvia Vi —. On tens les tovalloles? No trobo res en aquest caos. Ets un desastre.

—I tu ets un fantasma, perquè vols una tovallola?

L'àvia Vi havia faltat dos anys abans i des d'aleshores estava molestant. En tot aquell temps mai havia demanat una tovallola. Vaig sospitar que només buscava una excusa per xafardejar entre les meves coses sense que la veiés. Tampoc és que els fantasmes fossin gaire discrets.

L'àvia Vi sospirà i negà amb el cap.

—No ho entendries. La teva ment està igual de desordenada que aquesta casa. No hi ha res al seu lloc.

—Los tovalloles són a l'armari dels jocs de llit.

—No penso ficar-m'hi.

L'àvia Vi s'inclinà sobre mi i em tancà el camí. Se m'escapava el motiu pel qual un fantasma que podia travessar parets tenia por a un armari.

—Fes com vulgui's. Alguna cosa més?

L'única cosa que volia eren un minuts de pau i tranquil·litat per relaxar-me abans de ficar-me al llit.

—El teu armari és un desastre. Després de tot, potser has escollit la professió perfecta per a tu.

—Què vols dir amb això?

Després d'una jornada frustrant amb l'assaig del casament, les entremaliadures de la Pearl, la inauguració de l'hostal i, per descomptat, l'assassinat d'en Plant, només volia ficar-me al llit i dormir. Vaig fer mitja volta per passar pel costat de l'àvia Vi.

Ella es negà a deixar-me passar, malgrat que tècnicament pogués travessar-la, preferia respectar els meus majors, encara que no em respectessin a mi.

—Tens moltes preguntes, però mai tens respostes. No se suposa que els periodistes deurien tenir-ne d'ambdues? —Va baixar les mans i es va fer a un costat per deixar-me passar—. Tu estàs pensant en un home, i no es tracta d'en Brayden.

L'àvia Vi és, o era, una bruixa com totes nosaltres, però des que es convertí en fantasma podia llegir ments. Estava tan cansada que havia baixat la guàrdia i havia oblidat bloquejar els meus pensament. Ni tan sols m'havia adonat que estava pensant en ell.

No era difícil imaginar el musculós cos que en Tyler Gates amagava sota l'uniforme de xèrif.

—És el nou xèrif. Ha començat avui —vaig dir amb la veu més innocent que vaig poder treure. No sabia si l'àvia Vi veia les imatges del meu cap o només les paraules, però em provocava calfreds pensar que podia llegir fins i tot els meus pensaments més íntims—. Tenim un assassinat entre mans.

Li vaig relatar l'encontre de la glorieta, incloent-hi la vareta de la Pearl. Vaig ometre els comentaris de la meva tia sobre la Tonya i els plans del complex perquè no volia enfadar-la.

L'àvia Vi em va seguir mentre em treia les sabates i baixava al menjador.

Semblava impacient per fer alguna cosa.

—No, àvia. Deixa-li-ho a la policia. —Vaig canviar de tema—. A la mare li preocupa que afecti l'hostal.

L'àvia somrigué.

—Potser que, després de tot, recuperi la meva habitació.

—Ho dubto.

Si l'assassinat acabava amb el negoci abans d'obrir-lo, mai recuperaríem les despeses de la reforma. L'únic mode de que l'àvia Vi es quedés a l'hostal era compartint habitació amb la tieta Pearl, però les seves disputes atraurien massa l'atenció i l'àvia Vi deambularia espantant els hostes.

Vaig canviar de tema.

—L'hostal està preciós. —Ens havíem deixat la pell per fer una restauració el més autèntica possible, des de les vidrieres fins al sòl d'avet—. Ho hem deixat com a nou.

—No en tenia ni idea —ploriquejà—. M'heu desterrat, estic atrapada en aquest estúpid arbre. Això és assetjament.

—És el millor per a tots, àvia. Necessitem una forma de guanyar-nos la vida, i açò és tot el que tenim. Podràs visitar l'hostal quan se'n hagin anat els clients. És com als vells temps, com quan tu hi vivies.

—Quants anys et penses que tinc? Tan vella em creus? Aquest lloc ja era antic quan jo hi vivia.

Fins i tot morta, l'àvia Vi s'ofenia si s'insinuava sobre la seva edat.

—No ets vella, només més major que jo.

Vaig entrar al menjar.

—Bo, prou de marge d'edat. Tornem a l'assassinat. És massa perillós que et casis aquí, Cen. Deuries de cancel·lar-ho.

L'àvia Vi i en Brayden no es portaven gaire bé, però ella estava morta per a en Brayden, ja que ell no podia veure els fantasmes. Així que en realitat era ella qui no es portava bé amb ell.

—No penso cancel·lar el casament. Per què hauria de fer-ho?

Almenys l'àvia no havia llegit això en la meva ment. Em vaig deixar caure al sofà, exhausta.

Arronsà les espatlles.

—L'esperança és l'últim que es perd.

Es materialitzà gradualment mentre flotava per l'habitació i s'inclinà sobre mi.

Vaig relatar la resta d'esdeveniments del dia, incloent-hi l'acte pirotècnic de la tieta Pearl i la seva transformació en Carolyn Conroe.

—Ha de comportar-se abans que un altre xèrif abandoni. No podem viure en una ciutat sense llei. Pots parlar amb ella?

—Veuré què puc fer. Parla'm del nou xèrif.

Vaig descriure l'enfrontament que havia tingut lloc al meu despatx i la reticència de la tieta Pearl a acceptar la multa.

—Semblava mantenir-se ferm davant d'ella. No pot anar cremant-ho tot quan les coses no surten com a ella li agrada.

En Tyler Gates havia sigut el primer xèrif que havia plantat cara a la tieta Pearl. Al cap i a la fi, és possible que durés.

L'àvia Vi sospirà.

—Digues-li a Pearl que vingui a veure'm.

CAPÍTOL 17

*A*cabava d'adormir-me quan un lladruc em despertà des de l'altra banda de la finestra.

—Desperta, Cen —digué l'àvia Vi. Agitava els braços translúcids davant de mi—. Obre la porta. L'Alan és fora.

Vaig treure el cap per la finestra i vaig veure l'Alan corrent en cercles i udolant. No recordava haver-lo deixat fora.

L'Alan grunyí i corregué cap a la vinya, canvià de sentit i tornà a la finestra. Ens mirà amb ulls de xai degollat.

—No veig en l'obscuritat. Espera un moment. —Em vaig aixecar i vaig agafar una llanterna de la tauleta de nit i vaig anar fins a la porta. L'àvia Vi levitava per darrere de mi. L'Alan entrà a la casa quan vaig obrir—. Tan de bo poguessis parlar.

L'Alan sacsà el cos caní i em mirà gemegant.

—Què passa?

Se'm trencà la veu en pensar que havia perdut l'oportunitat de que la Hazel li tornés a l'Alan el seu cos per no haver arribat unes hores abans. Em vaig sentir malament pel meu germà.

L'Alan corregué abans d'entrar al menjador.

—Vol que treguis el cap per la finestra.

Sembla que l'àvia Vi també podia llegir ments de gossos, o

almenys, d'humans atrapats en cossos de gossos.

El vaig seguir al menjador amb l'àvia Vi flotant per darrere. Em vaig apropar a la finestra i vaig obrir les cortines. Es veia tota la vinya. Els núvols cobrien parcialment la lluna, concedint-li a la nit una lluentor nebulosa. Amb la llum que hi havia només es veia la silueta de la vinya i poc més.

—No veig res. —L'Alan muntà d'un bot al sofà i m'empentà el braç amb el morro—. Allí?

Vaig girar cap a la dreta i vaig veure dues figures al bord d'una vinya a pocs metres. Estava massa obscur per distingir llurs faccions, només es veia que eren dos homes de constitució prima.

—És en Brayden! Què dimonis fa a les nostres vinyes? Aquell jove mai m'inspirà confiança. Segur que no trama res de bo.

Vaig forçar la vista però seguia sense veure res.

—Has de revisar-te la vista, Cen. O potser és que no vols acceptar la veritat sobre el teu promès.

—Quina veritat?

En Brayden mai havia tingut una paraula desagradable amb l'àvia Vi. No sabia perquè li queia tan malament.

L'àvia Vi m'ignorà.

—Que fa en Brayden amb aquell noi?

—No veig res...

Vaig seguir forçant la vista però només vaig poder veure les seves siluetes retallades contra l'obscuritat.

—Estan fent passes com a un duel de l'oest.

L'idea que en Brayden es batés en duel en mig de la nit a les vinyes era ridícula, però quan la vista se m'ajustà a l'obscuritat, vaig veure que l'àvia tenia raó. Vaig reconèixer la seva manera de caminar lenta i decidida. Caminava en línia recta, comptant les passes amb cura.

—Estan mesurant el terreny, Cen. És el que es fa abans d'urbanitzar una propietat.

—De debò? —No semblava un mètode molt fiable per mesurar terrenys en aquests temps—. Mentre no donin vint passes per batre's en dol, em sembla bé.

Vaig recordar els plans de desenvolupament de Centralex de l'habitació de la Tonya i vaig tenir un mal pressentiment. Encara no volia contar-li-ho a l'àvia Vi. Em vaig apartar de la finestra i vaig tornar a la meva habitació on m'esperava el meu llit.

—Un moment, Cen. Espero que no hi hagi més coses que no m'estàs contant —sospirà—. Ja és prou horrible que em facin fora de casa i m'exilien a aquesta desordenada cabanya. Suposo que fins i tot aquest arbre serà tallat per asfaltar. Em quedaré sense casa.

La seva imatge parpellejà com ocorria quan estava realment enfadada.

—No passa res d'això —vaig dir—. Deuen d'haver sortit a prendre l'aire.

Però la passejada nocturna d'en Brayden em semblava sospitosa. Evitava fer exercici sempre que podia, incloent-hi les passejades. No feia res sense motiu. L'àvia Vi tenia raó. Aquí hi havia gat amagat.

—L'altre és allà.

L'àvia Vi assenyalà un home a uns quinze metres d'en Brayden. Canvià de sentit i es girà cap a en Brayden. Quan arribà al seu costat es va veure clarament que era uns centímetres més alt i que tenia els cabells llargs fins als muscles. No era ningú del poble ni ningú que jo conegués.

—Definitivament estan mesurant alguna cosa. A mi tampoc m'agrada.

No hi havia cap motiu pel qual en Brayden devia d'estar ensenyant-li a un estrany la nostra propietat.

L'Alan grunyí fent entendre que hi estava d'acord i es tombà al sòl.

L'àvia el mirà amb estima.

—Pobrissó, deus d'estar esgotat.

Vaig anar a la cuina i vaig obrir la nevera. Vaig trobar un os perquè l'Alan pogués rosegar-lo.

—Demà preguntaré a en Brayden.

Just abans de partir-li el cor. Pensar-ho em va tornar a posar del mal humor. De sobte, ja no tenia son.

—Una cosa més, Cen.

—I ara què?

—Conec el teu secret. —L'àvia Vi es rigué de mi com si fos una adolescent el dia de Sant Valentí—. Estaves somiant-lo.

—Et fiques als meus somnis?

La meva companya de pis estava sobrepassant els límits, i no m'agradava gens ni mica. Podia aguantar-ho un parell de setmanes, però si cancel·lava el casament, podria convertir-se en una situació permanent. Hauríem d'establir unes normes de convivència.

—T'agrada algú i no és en Brayden.

Xafardejava com una nena.

—No sé de què parles.

Vaig tancar els ulls i vaig intentar ignorar-la.

—El xèrif nou és molt maco. Per què no t'emparelles amb ell?

Em va dedicar un somrís fantasmagòric.

Vaig sentir com se m'encenien les galtes. No anava a emparellar-me amb ningú, no volia parlar d'en Tyler Gates. L'atracció física que sentia envers d'ell era natural per a qualsevol dona estatunidenca, oi? Em vaig dir que ho era, però no podia treure-me'l del cap. Quan el somni m'atrapà, els meus pensaments se centraren en el casament. Només que, aquesta vegada, el nuvi no era en Brayden Banks.

CAPÍTOL 18

Em vaig despertar poc abans de les set, esgotada després d'una nit de dormir poc i malament. Vaig obrir un llanda del menjar preferit de l'Alan i li vaig servir una ració doble en compensació per haver arribat tan tard el dia anterior. Em vaig prometre convèncer la Hazel perquè tornés i arreglés les coses amb el meu germà.

El meu estómac va rugir quan vaig olorar el menjar de gos. Tenia gana de cafeïna, ous i pa torrat. Com a fantasma, l'àvia Vi no menjava, així que vaig decidir anar a l'hostal a desdejunar. Un copiós desdejuni era tot allò que necessitava per activar les meves dots investigadores.

Vaig mirar l'Alan que ja havia devorat el seu menjar i m'esperava impacient a la porta. El vaig deixar sortir mentre recapitulava els esdeveniments de la nit anterior.

La visita secreta d'en Brayden em preocupava i em recordà els comentaris de la tieta Pearl sobre la Tonya. No creia que en Brayden y la Tonya es coneguessin, però el seu interès compartit per la nostra propietat no podia ser una coincidència. Havia d'arribar fins al final.

Vaig deixar l'àvia Vi i l'Alan vigilant la casa i vaig prometre tornar en unes hores. Cap dels dos podia agafar el telèfon, així que tenia més raons per tornar aquell mateix matí. Vaig convèncer l'àvia Vi perquè li fes companyia a l'Alan. Era l'única manera que es quedés a la casa de l'arbre. Amb tot el que estava passant, l'àvia Vi es moria per anar a l'hostal, però això nomes complicaria més les coses.

Vaig passar per les vinyes i vaig creuar el jardí de camí a l'hostal. El cor se m'accelerà quan vaig veure l'esportiu d'en Tyler Gates a l'aparcament. Em vaig pentinar amb els dits i em vaig penedir d'haver-me posat una samarreta ampla, pantalons curts i bambes, i de no haver-me maquillat una mica. Tenia una estranya sensació a l'estómac, una cosa que no recordava haver sentit mai.

Vaig afluixar el pas i vaig revisar les tasques pendents del dia. Tenia moltes coses a fer. El primer de tot era investigar el que havia dit la tieta Pearl sobre el vòrtex i sobre que la Tonya era en realitat una bruixa. Els plans de desenvolupament provaven que tenia un ull posat a la nostra propietat, però això no la convertia en assassina.

En segon lloc havia de parlar amb la Hazel. La seva visita coincidia amb la d'en Sebastien i la Tonya, cosa que era molt sospitosa tenint en compte el triangle amorós. Hauria vingut la Hazel per un assumpte de l'AIAB com havia dit la tieta Pearl o per motius personals? Jo apostava per la segona opció. A més, estava enfadada amb ella. Si s'havia reconciliat amb la tieta Pearl, el mínim que podia fer era revertir l'encanteri de l'Alan.

Resumint, portaria la meva investigació paral·lelament a la de la policia. Amb la diferència que jo em centraria en els elements sobrenaturals, mentre que el xèrif miraria els dels simples mortals. Ell no coneixia la maledicció.

La clau per a totes dues investigacions era trobar l'encaputxat. No tenia per on seguir, però tenia per on començar. Potser podria pressionar el xèrif per obtenir més informació sobre l'encaputxar com pretext per a una notícia. Esperava que em cregués.

Mentrestant, la tieta Pearl seguia incriminant-se. El més important era descartar el sospitós número u, la tieta Pearl. Si podia confirmar la seva coartada amb la Hazel, estava bastant convençuda que podria encaminar la investigació en la direcció correcta. La Hazel no era tan evasiva com la tieta Pearl, així que, si cooperava, podria eliminar-les de la llista de sospitoses.

Sempre que fossin innocents, és clar.

No creia que la tieta Pearl estigués involucrada, però l'única forma d'encaminar la investigació cap al veritable assassí era trobar una pista, ja fos sobre la Tonya, sobre l'encaputxat o sobre algú més. Una bona pista trauria la meva tia del punt de mira asseguraria que es fes justícia amb el veritable assassí.

I, per últim, però no menys important, havia de fer el que fos necessari perquè en Tyler Gates es quedés en el seu treball. No volia que el xèrif abandonés la ciutat, però la màgia podria ser massa per a ell.

La revelació de la tieta Pearl sobre la Tonya li atorgava una nova perspectiva al cas. El món màgic era petit, però així i tot mai havia vist ni havia sentit a parlar de la Tonya. Havia d'indagar al seu passat.

Estava tan perduda en els meus pensaments que vaig xocar amb la tieta Pearl pel camí.

—Ei! —La tieta Pearl es balancejà sobre una cama abans de recuperar l'equilibri—. Mira per on vas!

—Perdona.

Vaig mirar cap a les finestres de l'hostal, esperant que ningú, especialment el xèrif Gates, s'hagués adonat de l'agilitat de la tieta Pearl. Seria difícil explicar que usés la vareta com a bastó si havia vista la nostra col·lisió i els seus moviments avançats de ioga.

—Hora d'anar a classe —em digué perquè la seguís.

—No pots esperar que acabi de desdejunar?

Em vaig penedir de la promesa que havia fet per la nit, però no podia fer molt més al respecte. Estava atrapada.

La tieta Pearl negà amb el cap.

—Ha de ser ara. Tinc informació nova sobre la Tonya.

Se m'accelerà el cor i em vaig imaginar el pitjor.

—No em diguis que has tornat a ficar-te en la seva habitació.

—No exactament.

—Pot ser una mica més específica?

La tieta Pearl mirà al seu voltat per assegurar-se que ningú ens escoltés.

—Aquí no. Segueix-me.

CAPÍTOL 19

Una hora després seia en primera fila en una aula de l'Escola d'Encanteri Pearl. M'esforçava per no adormir-me i per controlar el meu temperament. Tenia falta de son i una fam insuportable, i la meva abstinència involuntària de cafeïna em produïa mal del cap.

No estava més prop de descobrir les revelacions de la tieta Pearl sobre la Tonya. S'havia negat a donar-me cap detall fins que no acabés la meva primera classe de màgia. Un altre dels seus trucs.

La tieta Pearl colpejà la pissarra amb la vareta.

—I així és com es reverteix un encanteri. Ho has entès?

Vaig assentir encara que estava tan distreta amb la meva llista de coses a fer que m'havia perdut alguns passos.

—A veure com ho fas.

Vaig arrufar el front.

—Podem fer-ho després? Deuríem de centrar-nos en resoldre l'assassinat d'en Plant.

—Res d'això, senyoreta. Ara o mai.

Va agafar l'extrem de la vareta amb l'altra mà.

—Has de tornar la vareta, tieta Pearl. És una prova.

—No ho és. És la meva vareta de substitució.

—Però anit digueres que l'havies agafada de l'armari de les proves.

—No vaig dir res d'això. És el que tu pensaves i jo no em vaig molestar en corregir-te. Qualsevol bruixa que s'ho valgui en té una de recanvi. Sempre cal tenir un pla B.

—T'ho estàs inventant perquè deixi d'insistir. Has de tornar-li-la al xèrif, tieta Pearl.

—No sé de què parles. —Parpellejà—. Aquesta vareta ha estat aquí tot el temps.

—Sé que no tens dues varetes. El que no entenc, és perquè t'inventes coses.

La tieta Pearl negà lentament.

—Al principi pensava que la de la glorieta era la meva vareta. Però no ho era, només una rèplica perfecta. La meva vareta sempre ha estat aquí.

—No et crec.

—Pensa-ho, Cen. Clar que tenia la meva vareta. Si no, com hauria pogut convertir-me en Carolyn Conroe anit?

—La pregunta és per què vas haver de transformar-te, en primer lloc.

—Per fi! Creia que mai m'ho preguntaries. Havia de distreure la Tonya mentre la Hazel s'ocupava d'uns assumptes.

No m'agradava el camí que estava prenent tot plegat.

—Què havia de fer la Hazel exactament?

—Salvar el poble de Westwick Corners de la ruïna i la destrucció.

—Te n'estàs passant de dramàtica.

Em vaig aixecar per a anar-me'n, però la tieta Pearl em va indicar que tornés a seure.

—La Tonya ha preparat una poció per a embruixar-nos a mi, a la Ruby, a l'Amber i a tu. Té planejat usar-la en el desdejuni. Per això havia d'interceptar-te.

—I la mare? És a l'hostal preparant el desdejuni tota sola. Hauríem d'advertir-la.

—Tranquil·la, ja està al corrent de tot.

Seguia sense tenir sentit per a mi.

—Per què voldria embruixar-me a mi? No soc propietària.

Entenia que tingués per objectiu ma mare i les meves tietes, però jo no tenia cap interès per a la propietat.

—No, però la Tonya sap que ets bruixa. Tens influències. Ha de neutralitzar-te perquè no puguis desfer el seu encanteri. Eixa és l'altra raó per la qual ets aquí. Si vas a defendre'ns has de repassar les teves habilitats màgiques.

Se'm formà un nus a la gola.

—Defendre-us de què?

—La poció de la Tonya ens privarà de la nostra voluntat. Estarem completament a les seves ordres, sense poder pensar ni prendre decisions. Ens obligarà a signar per vendre la nostra propietat per una misèria. Ens quedarem sense diners i sense casa.

—Avui dia no es poden fer eixes coses, tieta Pearl. Ha d'haver una escriptura de compravenda i una transferència de títol. No funcionarà.

La tieta Pearl rodà els ulls.

—No et distreguis amb tota la burocràcia. Farà que sembli normal, però en realitat no passarà així. I això no és el pitjor. Una vegada perdem la nostra voluntat i habilitat per prendre decisions, ens obligarà a fer l'elecció final: renunciar als nostres poders.

—Això no és possible, vam néixer amb ells.

—Sí, però com tenim lliure albir, sempre podem elegir renunciar a ells. —Em mirà directament als ulls—. Més o menys el que tu has estat fent amagant les teves habilitats. O els utilitzes o els perds, Cen. La Tonya ho té tot controlat. Excepte que encara no sap el que vam trobar a la seva habitació ahir de vesprada.

—Et refereixes als plànols? —Vaig rememorar la nostra visita a l'habitació dels Plant i em vaig adonar que la tieta Pearl sabia massa bé el que hi havia—. Hi havies estat unes quantes vegades abans d'anar-hi amb mi, oi?

—No.

La tieta Pearl somrigué de forma envanida.

—A vegades no t'entenc. Vas dir que no volies la Tonya aquí, però és quasi com si l'haguessis atret. Saps molt més del que dius i m'agradaria que fossis més clara. Si no ho dius al xèrif, almenys digues-m'ho a mi perquè pugui ajudar.

—Vaig haver de passar al pla B —digué la tieta Pearl—. Ja saps el que deia Confuci: mantén els teus amics prop i els teus enemics encara més prop. Vaig registrar els Plant a primera hora per poder tenir un ull vigilant la Tonya.

—Dubto que en Confuci es referís a que cridessis el desastre, però bo.

L'única cosa bona era que, si de veritat la tieta Pearl havia estat vigilant la Tonya, almenys podria verificar les seves declaracions.

La tieta Pearl es va treure un tiquet arrugat de la butxaca i me'l va donar.

—Mira açò. Estava al vestidor de l'habitació dels Plant.

El tiquet d'un supermercat de Shady Creek de dijous passat a les 23:15. Els articles que havien comprat incloïen guants de làtex i borses de brossa, tot pagat en efectiu.

—El vas agafar de l'habitació de la Tonya?

La tieta Pearl assentí.

—En realitat el va agafar la Hazel. Ara hem de donar-li'l al xèrif sense que sembli que cooperem.

—Hem? —Si de veritat era una prova, la tieta Pearl l'havia alterada al treure-la de l'habitació de la Tonya—. Es tracta d'un assassinat, tieta Pearl. És molt més important que la teva discussió amb el xèrif. Dona-li-la tu.

El xèrif estava al corrent de l'hora d'arribada de la Tonya i en Sebastien Plant, però si considerava la Tonya sospitosa o no era una altra cosa. En realitat em sentia malament per ell, la meva tieta estava amagant proves a propòsit.

—No, vull que li'ls donis tu —sentencià deixant el tiquet a la meva taula.

—Per què jo?

—No suporto veure aquell home.

Estava perdent la paciència, però algú havia de donar-li la prova, i prompte. Aquells articles comprats junts tenien un aire molt sinistre.

—D'acord, jo ho faré.

Si la tieta Pearl tenia raó amb la Tonya no podíem perdre més temps.

CAPÍTOL 20

Tenint en compte la moda sobrenatural, la tieta Pearl era molt normal, encara que a la resta del món li semblés exactament el contrari. Les bruixes sovint exageraven allò ordinari i minimitzaven els grans esdeveniments. Aquest era un d'aquells moments i temia un gran desastre.

—Has destruït la cadena de custòdia en agafar la prova, tieta Pearl. Això no és bo.

—En això t'equivoques, Cen. Potser no sigui bo en un tribunal mortal, però tenim la prova que necessitem per aconseguir un judici sobrenatural. I aquell és el val.

No n'estava gaire d'acord. Els tribunals de Washington eren molt reals, i la tieta Pearl seria declarada culpable sense cap dubte.

—Però has robat.

—La vareta és meva, Cendrine. Com podria robar una cosa que és meva?

Estàvem pegant-li voltes al mateix. La tieta Pearl volia confondre'm perquè canviés de tema, però no funcionaria.

—Apa! Sí que las vas robar després de tot. —Vaig deixar escapar un sospir exagerat. —Com puc ajudar-te si no cooperes?

La tieta Pearl es mirà els peus sense dir res.

—Digues la veritat, tieta Pearl. Et prometo que no et delataré a l'AIAB.

La tieta Pearl sempre desafiava els límits de les normes de l'AIAB. Avergonyia constantment la tieta Amber, que sentia que la seva manca de respecte per les regles embrutava la reputació de la família West.

—Delatar-me per què? No he fet res.

La tieta Pearl parpellejà i m'oferí la seva mirada més innocent.

—M'estàs ocultant alguna cosa. Ho sé per la teva expressió.

—Això és ridícul.

Vaig treure el mòbil.

—Comença a parlar. Digues-me com va acabar la teva vareta a l'escena del crim.

—No en tinc ni idea. Deu de ser un duplicat, una vareta falsa. Has de creure'm, Cen. Aquella no és la meva vareta.

Això tenia fàcil comprovació.

—Trucaré el xèrif Gates perquè m'ho confirmi. Si dius la veritat encara tindran la vareta falsa en comissaria.

No tenia intenció de trucar-li, però la tieta Pearl no ho sabia.

—No, espera. Jo era a la glorieta esperant-vos a tu i a la Ruby. Ho vaig veure tot.

—Creia que la mare i tu hi havíeu anat plegades.

—Això va ser després. Vaig tornar a l'hostal després de la baralla —explicà la tieta Pearl—. Vaig anar a la glorieta uns minuts abans perquè volia practicar una mica de màgia abans que arribessin els altres. Vaig veure com passava.

—Vas veure l'assassí?

—Sí —xiuxiuejà i la seva cara es tornà d'un pàl·lid fantasmagòric—. Creia que era una simple baralla. No sabia que havia mort.

—Però quan vas saber que era un assassinat no ho vas contar al xèrif. Per què? —De sobte em vaig adonar que també ho havia mantingut en secret a una altra persona—. Tampoc li ho vas contar a la mare, oi? Vas a tornar a l'hostal i la vas portar allà amb tu malgrat que sabies que hi havia algú ferit o moribund a la glorieta.

—No, Cen —la tieta Pearl arrufà el front—. No sabia que havia mort. Vaig veure dos homes discutint, així que em vaig amagar darrere de l'arbust de llorer. Quan s'apagaren els crits vaig veure un home allunyant-se. Vaig suposar que l'altre ja se'n havia anat. No tenia ni idea que seguia allí, menys encara mort. Si ho hagués sabut hauria intentat ajudar.

Aquella vegada la vaig creure.

—Com era aquell home?

—No me'n recordo. Va passar tot molt ràpid.

—Però eres allà.

La tieta Pearl assentí. Un llàgrima li relliscà per la galta.

—Aleshores no has de preocupar-te de res —vaig dir.

—Com?

—Podem fer un encanteri de reversió i descobrir la veritat.

—Ah.

Mentia de nou.

—No eres allí, oi?

—No exactament. Ahir va haver un robatori a l'escola. —Assenyalà el vidre trencat de la porta—. Algú em va robar la vareta quan estava al lavabo. El vaig seguir fins a la glorieta, però era massa tard.

Em vaig imaginar la tieta Pearl corrent darrere d'un delinqüent. Tant això com les probabilitats que algú entrés i sortís del poble eren ínfimes, però també ho eren les de l'assassinat.

—Per què no ho havies dit? Com era l'intrús?

La seva expressió espantada em va fer entendre que aquesta vegada deia la veritat. Deixar una vareta desatesa era una cosa totalment prohibida per l'AIAB. Suposo que la meva tieta ho havia ocultat per a evitar la reacció i la multa de l'AIAB.

—No el vaig veure bé, Cen. Però era un home amb caputxa negra. És la veritat. Només el vaig veure per darrere.

—Alt, baix, gros, prim? Almenys això ho has de saber.

—No sé, potser uns centímetres més baix que en Sebastien Plant.

En Sebastien Plant mesurava prop de 1.90, així que l'altre devia fer al voltant de 1.80.

—Bé, el vas seguir fins a la glorieta. I després què?

—En Sebastien Plant ja era allà. Va discutir amb l'encaputxat. Van forcejar i de sobte en Plant caigué a terra.

Vaig resar perquè no estigués mentint de nou.

—Per què discutien?

—No em trobava prou prop com per escoltar el que deien. Com ja t'he dit abans, quan vaig escoltar la baralla, em vaig amagar darrere dels arbusts.

Em va venir al cap una imatge de la tieta Pearl amagant-se entre els arbusts.

—Ni un fragment de la conversa?

—Res de res.

Oïda selectiva. Un fenomen estrany tenint en compte les nostres habilitats sobrenaturals per amplificar-ho tot...

En Sebastien Plant era suficientment conegut com perquè tothom al poble sabés que era el nostre convidat d'honor. Qualsevol en contra del turisme podria voler ajustar comptes amb ell. Com la tieta Pearl.

—Què va passar a continuació?

—Va fugir.

—Li veuries la cara en girar-se cap a tu.

La tieta Pearl negà.

—El vaig sentir marxar però no podia veure bé des del meu amagatall entre els arbusts. Vaig esperar uns minuts i vaig tornant corrent a l'hostal. Tenia tanta por que vaig oblidar recuperar la vareta. No vaig posar un peu a la glorieta, així que no sabia que en Sebastien Plant no s'havia tornat a aixecar.

Vaig arrufar el front. La tieta Pearl havia estat a la glorieta quan vaig aparèixer a l'assaig. Va endevinar la meva conclusió.

—Ho juro, Cen. No l'havia vist fins que no caiguérem sobre ell. Tanmateix acabo de recordar una cosa —digué—. No podia entendre en Plant perquè arrastrava les paraules i es bambolejava. Estava encara pitjor que quan havia arribat de matí.

L'estat d'embriaguesa d'en Plant augmentava les possibilitats que un home de menor grandària pogués derrotar-lo, però sense una descripció mes detallada era impossible acotar la llista de sospitosos.

Hi havia alguna cosa que encara no encaixava.

—No vas tornar a per la vareta?

Costava de creure que no la recuperés després de caure sobre el cos d'en Sebastien Plant. Sabia que era allí i era un objecte massa important com per a oblidar-lo. Estava segura que encara amagava alguna cosa.

La seva vareta era inútil per als altres, almenys en termes de bruixeria. Malgrat les sospites de la mare, sabia que a qualsevol altra bruixa li hauria costat desbloquejar-la i no s'hauria molestat en fer-ho. I, apart de la nostra família, no hi havia més bruixes a Westwick Corners.

—Mai vas enlloc sense ella.

—Estava espantada, però encara no sabia que era mort, Cen. Potser només inconscient. Creia que, si deia alguna cosa, tindria més problemes amb el xèrif.

—Doncs bé, els problemes els tens ara. T'adones que tot apunta a tu?

La tieta Pearl no tenia coartada, la seva vareta era l'arma del crim, i a més tenia un mòbil: aturar el turisme a qualsevol preu. Però en el fons sabia que ella no era cap assassina—. Hem de trobar un mode de contar-ho tot al xèrif, ometent les parts màgiques.

—Trairàs la teva sang?

—No siguis ridícula, tieta Pearl. Has d'admetre que açò no pinta gens bé. Per què no col·labores?

—Per què hauria de fer-ho? Si no haguéssim començat a promoure el turisme, aquell home encara seria viu.

—Potser sí, potser no. Però sí que estic segura d'una cosa.

—Quina?

—Quan descobreixin que som bruixes, la vida no serà gens agradable.

CAPÍTOL 21

—Digues tot allò que saps sobre la Tonya. Per què mai havia sentit a parar d'ella?

Acabàvem de concloure la lliçó quan em vaig assabentar que només era la primera de les setanta-set perles de saviesa màgica a les quals havia accedit. No recordava perquè havia acceptat, però no tenia ànims per discutir amb la tieta Pearl. Necessitava cafeïna, i prompte.

La tieta Pearl es creuà de braços i negà amb el cap.

—T'has allunyat del món màgic durant molt de temps, Cen. Quan no et mous en els cercles correctes et perds massa coses.

—D'acord, entesos. Prestaré més atenció d'ara endavant. —Estava farta dels retrets de la tieta Pearl, però començava a entendre la raó per la qual no volia que ignorés la meva herència màgica—. Digues què saps de la Tonya i en Sebastien.

—La Tonya no és una bruixa gaire poderosa. Probablement mai has sentit a parlar d'ella per això. La seva ambició despietada és el més perillós que té. En Sebastien Plant estava condemnat des del moment que la Tonya li va posar l'ull damunt. Tenia planejat casar-se amb ell fins i tot abans de conèixer-lo.

Sabia poc de la parella, només que s'havien casat després d'un romanç fugaç. En Sebastien Plant havia passat dècades construint

Travel Unravaled, i allà va conèixer la Tonya. Va començar a treballar a l'empresa amb un contracte temporal i va acabar casant-se amb ell menys d'un any després.

La tieta Pearl va colpejar la pissarra amb la vareta i va esborrar el que hi havia escrit.

—Després de les noces, la Tonya s'involucrà de ple en Travel Unraveled. Recordes la invitació que li enviares a en Sebastien Plant fa uns mesos?

—Sí.

—En Sebastien no estava interessat, per això no va respondre. La Tonya trobà la invitació mesos després. Va investigar sobre el poble i va trobar registres històrics que parlaven del vòrtex d'energia de Westwick Corners. Portava anys oblidat, però la invitació va reviure l'interès. La Tonya pensà que Travel Unraveled podria expandir-se aquí, però en Sebastien vetà la idea. Poc després d'això, començaren els seus problemes maritals.

—Com saps tot això?

Hauria sigut útil que revelés tota aquella informació abans.

—M'ho ha contat la Hazel.

—La Hazel mantenia una relació amb ell. Clar que diria que tenien problemes matrimonials. Probablement exageraria amb la resta també. —Em vaig aixecar bruscament de la cadira. Havia escoltat algú tossir—. Has sentit això?

La tieta Pearl negà amb el cap.

—No va ser així com se'n va assabentar la Hazel. La Tonya va anar a veure-la per proposar-li que traslladés la seu de l'AIAB a Westwick Corners, però la Hazel s'hi negà.

—Creia que en Sebastien havia vetat l'expansió. Va canviar d'opinió?

Probablement la Tonya volia arribar a un acord d'expansió abans de convèncer en Sebastien. Els vòrtexs d'energia augmentaven la màgia, i això podia ser bo i dolent alhora. El que sí que era segur era que la nostra existència deixaria de ser tan pacífica.

—No. Ell no tenia ni idea que la Tonya era bruixa ni sabia res de l'AIAB.

Em resultava curiós que en Sebastien Plant desconegués l'existència de les bruixes i que hagués mantingut relacions amoroses amb dues d'elles. Començava a fer-me una idea.

—La Tonya volia apoderar-se del poble en primer lloc, i després de l'AIAB. Havia seguit endavant encara que en Sebastien no hi estava d'acord. Potser el fes canviar d'opinió o potser...

—...es desfés d'ell —acabà la tieta Pearl—. Per això la Tonya li va dir a en Sebastien que havia acceptat la invitació accidentalment mesos després de rebre-la. O almenys, això és el que en Sebastien li va contar a la Hazel. Era una excusa per a investigar millor l'indret. I un lloc on matar el seu marit. Quina millor escena que un poblet per a acabar amb el seu marit i culpar una altra persona?

Vaig assentir.

—Creu que la policia d'un poblet no serà capaç de dur a terme una bona investigació, i que ningú es preocuparà gaire per un estranger, ni tan sols per un de famós.

Estranyament, tenia sentit. Excepte per una cosa.

—Quan us vau reconciliar la Hazel i tu?

Potser la Hazel havia establert la treva per crear-se una coartada o alguna cosa així.

La tieta Pearl arronsà les espatlles.

—Això que importa?

—Importa molt. La implicació en un triangle amorós amb la víctima li dona a la Hazel un mòbil. Potser que tingui ni coartada.

Vaig recordar el que havia dit la tieta Amber: que l'última vegada que havia vist la Hazel eren les sis de la tarda, hora de Londres, i això significava que a Westwick Corners eren les nou del matí. Ja que viatjar era pràcticament instantani per a les bruixes, la Hazel tenia els mitjans per matar en Sebastien, i el seu parador a aquelles hores era desconegut. Una sospitosa més.

Genial.

—Excepte que l'assassí era un home i no una dona —assenyalà la tieta Pearl.

—N'estàs completament segura? Vas dir que no vas poder veure bé qui s'amagava sota la caputxa.

—Vaig veure prou per saber que es tractava d'un home.

—Quina llàstima que la Hazel no sigui aquí. Podria esclarir una mica el que ha passat.

—Pregunta'm tot el que vulguis.

La Hazel era al llindar de la porta, aparentant els setanta anys que tenia. Portava un xandall quasi idèntic al de la tieta Pearl, excepte per les ratlles brillants que tenia als costats dels camals. Una boina negra descansava sobre el seus cabells argentats. Vaig suposar que aquesta vegada no havia alterat la seva aparença.

—Què fas aquí?

—Intento salvar el poble, igual que la Pearl. —La Hazel colpejà el sòl de fusta amb la vareta com si retirés teranyines—. Ja que en parlem, ens vindria bé la teva ajuda.

CAPÍTOL 22

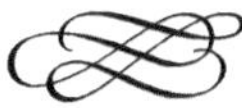

Encara no m'havia recuperat d'haver vist la Hazel. Ella i la tieta Pearl estaven l'una al costat de l'altra com si fossin amigues íntimes. Era evident que havien deixat les seves diferències a una banda i havien tornat a la normalitat. O almenys, el que era la normalitat per a elles. Em vaig sentir alleujada perquè haguessin acabat amb la guerra portava mesos arrossegant.

—Hem decidit deixar enrere el passat —informà la Hazel mentre mirava la tieta Pearl.

—Grans notícies. Ja que ets aquí podries tornar l'Alan a la seva forma humana. Li faria molta il·lusió.

—Ja parlarem de l'Alan després. El primer és el primer. No tenim gaire temps per aturar la Tonya.

No obstant això, jo tenia preguntes per la Hazel que no podien esperar.

—Vas estar aquí tot el divendres?

Això ho canviava tot, ja que la Hazel havia estat aquí a l'hora de l'assassinat.

La Hazel assentí.

—Vaig estar amb la Pearl des de les nou i mitja del matí.

—És la meva coartada, Cen. No podia dir-li-ho al xèrif perquè la

123

Hazel em va fer prometre que no diria a ningú que havia estat al poble.

Em vaig alegrar en veure que la tieta Pearl tenia coartada, però em durà poc perquè em vaig adonar que no significava res.

—Totes dues teniu un motiu per voler-lo mort. Tu vols acabar amb el turisme i la Hazel és, o era, part d'un triangle amorós. Més que les vostres respectives coartades, podríeu ser còmplices.

La Hazel va dir que no amb el cap.

—En Seb volia deixar la Tonya per mi. No pot assabentar-se que soc aquí. Almenys fins que no la incapacitem. Ara és molt perillosa.

—Creia que havíeu dit que no era una bruixa gaire bona. De segur la podeu vèncer.

—Podem, però no podem enfrontar-nos a l'opinió pública. És molt bona manipulant fets i posant tothom, fins i tot les bruixes, al seu costat. La gent no s'adona que utilitza mètodes sobrenaturals per aconseguir resultats. Hem de fer que la culpin del crim i necessitem la teva ajuda, Cen. Has de demostrar que és l'assassina.

—Per què jo? Parleu vosaltres amb el xerif directament. —No volia veure'm implicada en els seus plans bojos—. Tieta Pearl, tu els vas registrar. Si en Sebastien estava tan begut, què feia tot sol en plena nit?

—En Sebastien bufat? —La Hazel agafa la tieta Pearl del braç—. És impossible, no s'apropa a l'alcohol per res del món.

—Estava completament ebri —rondinà—. Arrossegava les paraules i amb prou feines es mantenia dempeus.

—I així i tot va anar caminant fins a la glorieta. Encara estava borratxo hores després quan va discutir i es va barallar amb l'home misteriós. Si estava en tan mal estat, com va aconseguir arribar a la glorieta, en primer lloc?

La majoria dels borratxos simplement s'adormien o perdien els sentits.

—La Tonya li va fer alguna cosa —va dir la Hazel—. Has de fer que el xèrif la investigui.

—No penso fer-ho, tieta Pearl. Has de parlar amb el xèrif. Li estàs fent perdre el temps amb les teves tàctiques d'evasió, i, a més, et fan semblar culpable.

La tieta va negar amb el cap i va mirar expectant la Hazel. Era l'aspecte més estrany de la seva relació. La tieta Pearl mai no responia davant de ningú, però respectava immensament la Hazel.

—No estem demanant que menteixis —explicà la Hazel—. Només has d'encaminar la investigació en la direcció correcta i nosaltres ens encarregarem de la resta.

—Què vols dir amb «la resta»?

Em preocupava el que poguessin fer. Però a vegades el coneixement era perillós.

—No ho vulguis saber, Cen. No preguntis, no responguis —digué la tieta Pearl.

Vaig acceptar a contracor dur a terme el pla tan prompte com hagués esmorzat. Hi havia una cosa ben clara, havia d'arribar al fons de la història abans que el xèrif Tyler Gates.

CAPÍTOL 23

Vaig seguir la tieta Pearl fins al menjador de l'hostal, encara molesta per haver perdut quasi dues hores de la meva vida des de l'inici de les classes a l'Escola d'Encanteri Pearl. Havia obtingut resultats interessants, però a costa de perdre'm el desdejuni. Tenia una fam devoradora i estava disposada a delinquir per una dosi de cafeïna.

Si el que deien la tieta Pearl i la Hazel sobre la poció de la Tonya era veritat, no podia arriscar-me a desdejunar al menjador. El meu estómac va rugir en senyal de protesta.

Em vaig ficar la mà a la butxaca i va tocar el tiquet de Walmart. Vaig repassar els objectes mentalment i em vaig aturar un instant en l'anticongelant. El component principal de l'anticongelant es l'etilen-glicol, una substància tòxica que també resultava ser alcohòlica. Era una forma d'alcohol letal, però probablement produïa els mateixos efectes que un excés de beguda.

En Sebastien Plant no bevia alcohol, però potser hagués ingerit anticongelant sense ser-ne conscient. Vaig pensar en la paperera de l'habitació dels Plant. I si l'ampolla mig buida de llimonada no era el que semblava?

Sentia que el tiquet em cremava la butxaca, i em moria per entregar-li'l al xèrif. No volia seguir els passos de la tieta Pearl i amagar proves, i menys una de tan important trobada a l'habitació dels Plant. Era una pista molt bona, ja que els establiments de Walmart tenien càmeres. Encara que perdéssim el tiquet, les càmeres podrien guardar imatges de la Tonya.

La tieta Pearl va anar directa cap a la cuina i jo em vaig dirigir al mostrador. Vaig inhalar el deliciós aroma del cafè acabat de moldre i em vaig servir una reconfortant tassa fumejant.

Per fi.

Em vaig prendre un cafè sol, ben fort, i vaig analitzar la cuina amb la mirada. Quasi em vaig ennuegar quan vaig veure el xèrif assegut en una taula sota la finestra. Anava cap a ell per donar-li el tiquet de Walmart quan vaig veure que no era sol.

Ell em donava l'esquena, però tenia enfront asseguda la Tonya Plant. El seu rostre era perfectament visible. A simple vista, semblava que estigués de dol. No l'hauria mirada una segona vegada si no hagués sigut per les acusacions de la Hazel i la tieta Pearl.

S'eixugà les llàgrimes amb un mocador, però encara que estava a uns sis metres de mi, podia distingir el seu maquillatge i el seu pentinat perfecte. A jutjar pel seu llenguatge corporal, no se la veia afectada, ni tan sols semblava haver plorat. I s'havia menjat tots els ous amb bacó del desdejuni. Cada personava portava el dol d'una manera, però poques vídues recents s'haurien acabat un desdejuni tan copiós.

Vaig tractar d'imaginar com em sentiria si li ocorregués alguna cosa a en Brayden. Fins i tot havent-me replantejat les noces, no podia imaginar-me seure a desdejunar si li passés alguna cosa. Sentiria un dolor inconsolable, no seria capaç de parlar ni d'actuar raonablement. Definitivament no estaria mullant el pa amb la salsa del plat.

Em va rugir l'estómac quan vaig recordar els plans secrets de la Tonya d'embruixar-nos amb una poció que ens privaria dels nostres poders. No podia arriscar-me a menjar res que pogués estar contaminat. Em vaig congelar quan em vaig adonar que podria haver alterat el cafè me m'acabava de servir. Vaig sentir calfreds en pensar en Sebastien Plant i l'anticongelant.

La cafetera estava al menjador, just al costat de la porta de la cuina.

Qualsevol dels hostes podia accedir-hi fàcilment. Encara que la Tonya no ficaria la poció al cafè si hi havia més gent que se la pogués beure.

O potser sí? La poció només afectava les bruixes. Vaig notar un sabor amarg en la boca, quan em vaig adonar que ja havia begut una mica de cafè.

Vaig deixar la tassa al mostrador i em vaig concentrar en la seva taula. Vaig intentar escoltar la conversa, però era impossible amb tot el rebombori del menjador.

Vaig agafar el cafè i em vaig dirigir cap a la taula. El plat de la Tonya estava buit, al igual que la cistella del pa. Movia distretament la seva tassa de cafè mig buida mentre parlava. El xèrif Gates tenia una tassa buida davant d'ell.

—Senyora Plant, sento moltíssim el que li ha passat al seu marit. Li abelleix un cafè?

La Tonya assentí.

Vaig agafar la seva tassa a càmera lenta, decidida a quedar-me al costat de la taula el màxim temps possible.

La Tonya es girà cap al xèrif i deixà escapar un sospir.

—Com deia, ni em vaig adonar que se n'havia anat. Estava ocupada desfent l'equipatge. La nit anterior no vaig dormir gaire bé, així que vaig decidir fer una becadeta. Em vaig prendre una pastilla per dormir i vaig durar pocs minuts. Quan em vaig adormir, ell encara era a l'habitació.

—Estaven sols a l'habitació? —vaig preguntar mentre omplia la tassa de la Tonya.

En Tyler Gates em mirà.

—Jo faré les preguntes si no t'importa.

Aleshores vaig passar a omplir la tassa del xèrif amb la major lentitud possible, el líquid negre queia en comptagotes.

—Volen alguna cosa més?

La Tonya Plant prengué un glop de cafè i em mirà.

—Potser un plat de fruita variada per a muntar-lo a la meva habitació.

Em vaig sentir enormement alleujada, el cafè no estava contaminat, ja que la Tonya també n'havia begut.

Vaig mirar el seu plat buit. Tenia molta gana tenint en compte que acabava de perdre el seu marit.

El xèrif em dedicà una mirada interrogant.

—Sí? —vaig esperar.

—No tens res més per fer? De segur que estàs molt ocupada.

Vaig negar amb el cap.

—La veritat és que no.

Havia d'allargar-ho tant com pogués. Si era veritat que la Tonya estava dormint, era comprensible que no aportés gaires detalls, però també li proporcionava una coartada.

—Gràcies, Cendrine —digué el xèrif Gates més fort del que calia i m'acomiadà amb un gest de ma.

Vaig anar directament ala cuina on la mare i la tieta Pearl parlaven en veu baixa al costat de la graella.

—Has descobert alguna cosa, Cen?

Normalment la mare es preocupava massa per tot, però aquesta vegada tenia motius per fer-ho. L'hostal Westwick Corners estava en perill en més d'un sentit. Així i tot, vaig tenir la impressió que la Pearl encara no li havia parlat de la Hazel.

—La Tonya diu que estava dormint i que no es va adonar que en Sebastien havia sortir de l'habitació.

El meu estómac va grunyir en olorar els ous amb bacó que estaven cuinant.

—Dormint on? S'havien registrat unes hores abans —digué la mare.

Vaig veure l'expressió culpable de la tieta Pearl i vaig decidir tornar a preguntar.

—Encara ens amagues alguna cosa. A quina hora van arribar?

—Abans-d'ahir per la nit.

—És impossible —contestà la mare—. Vam obrir oficialment ahir per als nostres primers clients.

La tieta Pearl arronsà les espatlles.

—Ahir va ser la inauguració oficial, i, oficialment, arribaren ahir. Era la una de la nit. Estàveu dormint, així que quan els vaig escoltar arribar, els vaig deixar entrar. Els vaig donar una habitació i els vaig dir que tornaren al mostrador pel matí.

—És un detall molt important per a ometre'l, Pearl. Teníem aquí els nostres convidats d'honor i ni ho sabíem. Podia haver ocorregut alguna cosa terrible.

—Va ocórrer —vaig puntualitzar.

La mare es va fer un massatge a les temples com si tingués migranyes.

—Per què no ho has dit abans? Hem de treure endavant aquest negoci. No pots fer tot el que et vingui en gana.

Almenys la tieta Pearl havia sigut clara amb la mare. Odiava els secrets i em molestava veure'm implicada en els seus enganys. És cert, la mare es preocupava massa, però estàvem juntes en aquest afer, i mereixia saber tot el que ocorregués.

A la mare li agradava tenir-ho tot organitzat i que les coses sortissin com havia planejat. La tieta Pearl era la seva crisi nerviosa de per vida. Vaig intentar restar-li importància.

—El que està fet ja està fet. Centrem-nos ara en les activitats d'en Sebastien Plant. Segons la Tonya, ja se'n havia anat quan ella es despertà a les vuit del matí. Si és veritat, va ser entre les quatre i les vuit.

La tieta Pearl tossí.

—Com si aquella digués la veritat. Déu meu.

—Tens alguna cosa de millor?

—Suposo que no —va admetre la tieta Pearl.

La mare arrufà les celles.

—Com és possible que no s'adonés? La porta de l'habitació xerrica. —Malgrat les reformes, encara i havia moltes coses que cruixien i xerricaven—. No pot ser que no s'adonés que s'aixecava del llit. Aquell paio pateix d'obesitat mòrbida.

—Diu que es va prendre una pastilla per dormir i que estava profundament adormida.

La tieta Pearl girà els ulls en blanc.

—Quina casualitat.

—Pot ser que estigues adormida, o pot ser que mentís. Necessitem algú que confirmi la seva història. Saps alguna cosa?

—Sí que estava dormint però no sola.

Una nova bomba de la tieta Pearl. Que posseís tanta informació em va fer témer el pitjor.

—Et vas colar a la seva habitació? Com has pogut envair així la seva privacitat?

—Tranquil·la, Cen. No vaig fer res així. —Va somriure amb superioritat—. Vaig tenir ajuda.

—L'àvia Vi!

Estava tan enfadada com alleujada perquè la tieta Pearl hagués contat amb l'ajuda de l'àvia Vi. Enfada per la violació de la privacitat, però alleujada perquè la visita d'incògnit de l'àvia Vi hagués resultat en una nova pista. Sempre que la tieta Pearl digués la veritat.

—La teva àvia estava avorrida en la teva desastrosa casa de l'arbre, així que va venir de visita.

Em va molestar la referència al manteniment de ma casa, però tampoc em van agradar les escapades nocturnes de l'àvia Vi.

—Qui era a l'habitació de la Tonya amb ella?

—He dit que era a la seva habitació?

—Pearl, ves al gra. —La mare també havia arribat al seu límit—. On era la Tonya i amb qui?

Em feia voltes el cap. Teníem les dotze habitacions plenes. La Tonya s'hauria ficat a l'habitació d'un altre hoste. Però de qui? Una aventura romàntica i un matrimoni enfonsant-se juntament amb la despietada ambició de la Tonya, augmentava els seus motius per assassinar el seu marit. Tanmateix, la tieta Pearl estava segura que l'assassí de la glorieta era un home i no una dona.

—Estava amb un altre home que no era el seu marit. —Taral·lejà la sintonia d'un concurs televisiu—. Facin les apostes.

Vaig girar els ulls en blanc i em vaig encarar cap a ella.

—Dona'ns la resposta d'una vegada.

—Només m'estic divertint una mica. Però clarament vosaltres no, així que us ho diré. La Tonya era a l'habitació d'un altre home. I no estaven precisament parlant, tu ja m'entens.

—Es va gitar amb ell mentre en Sebastien era a la glorieta?

No podia creure que estigues mantenint aquesta conversa amb ma mare i ma tia. Mai m'ho hauria esperat vint-i-quatre hores abans.

—Deixa de jugar, Pearl. Hi ha un assassinat el dia de la inauguració i ets la principal sospitosa. Si saps res, has de parlar.

—Sobretot si és diferent al relat de la Tonya. —Vaig obrir la porta del menjador i vaig mirar cap a fora. En Tyler Gates seguia assegut amb la Tonya Plant. Prenia un munt de notes i escrivia furiosament. Li donaria un plat de coquetes només per veure que anotava al quadern—. Ràpid, Pearl, atrapa'l abans que se'n vagi.

La tia Pearl es creuà de braços.

—No penso parlar amb aquell home.

—Oblida't de la multa. Ets pràcticament l'única sospitosa. Les coses aniran pitjor fins que contis al xèrif tot el que saps. No és moment de renyines.

—Una multa de cinc-cents dòlars no és una ximple renyina. Hauré d'acceptar més alumnes per arribar a final de mes.

Volia afegir que es mereixia cada centau d'aquella multa, però seguir discutint complicaria les coses.

—No tindràs alumnes si et condemnen per assassinat.

—Qui faria una cosa així? Per què voldrien culpar la Pearl? Seria condemnar tot el poble.

—Només ha de contar-ho tot al xèrif per demostrar la seva innocència.

Vaig mirar intencionadament la tieta Pearl. La mare sempre havia tingut un punt cec quan es tractava de la seva germana. La considerava una víctima, i no una temerària irresponsable.

—No facis un drama, Ruby. Ets com tots els del poble, sempre exagerant.

La tieta Pearl digué que no amb el cap.

—Parlant de reaccions exagerades, tu ets qui volia prendre-li foc a la glorieta. Ets capaç de destruir-ho tot només per aconseguir el que vols. Potser volies esborrar el poble dels mapes cremant el senyal, però hi ha més gent al poble. Si no et conegués sospitaria de tu, igual que el xèrif.

Ell no havia dit que fos sospitosa, però havia d'espantar-la. Les seves entremaliadures i la seva retenció d'informació llençava a perdre les nostres possibilitats de triomfar i posaven en perill el futur de tot el poble.

La mare es quedà sorpresa pel meu atac. Potser m'havia excedit, però les seves entremaliadures i la seva manca de cooperació em posaven negra.

—No m'imagino algú com la Tonya matant el seu marit. No podem acusar-la sense proves. Em sap mal per ella. Els convidem a ella i a en Sebastien i ara ell és mort. En certa manera, és culpa nostra. Hauríem de ser més amables amb ella.

—I què hi ha de la poció del desdejuni?

Em semblava que la simpatia de la mare estava fora de lloc, ja que la Tonya tenia planejat embruixar-nos.

La mare arrufà el front.

—Quina poció?

—La Cen es confon.

La tieta Pearl em posà una mà ossuda al muscle.

Vaig intentar protestar, però només vaig aconseguir que premés més fort. Em vaig adonar que la seva acusació contra la Tonya era una altra de les seves invencions. La mare no sabia res de la poció de la Tonya que anava a treure'ns els poders. Probablement tampoc sabés que la Hazel era aquí.

Vaig mirar la tieta Pearl.

—No ets capaç de veure els motius de la gent, Ruby. Desperta. La Tonya és culpable. Tot començà amb l'estúpid senyal de l'autovia. Ha de desaparèixer.

—Els estudiants de la teva Escola d'Encanteri no necessiten el senyal, però els turistes sí, produeixen beneficis per a la nostra economia. Els teus alumnes no gasten ni un centau.

Les bruixes feien poques despeses. Per què pagar diners per alguna cosa que pots aconseguir amb un encanteri?

La mare s'interposà entre nosaltres.

—Senyoretes, comporteu-vos l'una amb l'altra. Discutir no ens portarà enlloc. —Es girà cap a mi—. Cen, no creus que el xèrif sospiti de la Pearl, oi? Ha de tenir més pistes.

Em vaig arronsar d'espatlles.

—Té un mòbil, espantar el turisme. Ho va deixar ben clar en cremar el senyal. I es nega a col·laborar. Encara que el més important és que va trobar la seva vareta a la glorieta. —Era evident que la tieta Pearl no li havia parlat a la mare sobre la visita de la Hazel ni de les seves sospites sobre la Tonya. Això em molestava—. Fins que trobem el veritable assassí, és una possible sospitosa.

La mare negà amb el cap.

—No deuries cridar tant l'atenció, Pearl. Podem conviure tots. Pots seguir treballant en la teva Escola d'Encanteri, però has de fer-ho discretament. Podràs?

La Pearl assentí lentament.

Encara que la tieta Pearl sempre intentava mantenir la seva germana petita al marge, sí que l'escoltava.

—És un bon moment per pujar a l'habitació de la Tonya i airejar-la. —La mare li posà una mà al muscle a la Pearl—. Unes flors serien un bon detall.

Em semblava una idea terrible, però sabia que la mare només intentava mantenir la Pearl ocupada. Em va sorprendre que la mare semblés no saber que la Tonya era bruixa, però no em vaig atrevir a dir res. Tot podria enfonsar-se ràpidament i volia temptar la sort.

CAPÍTOL 24

M'havia distret tant pensant en l'àvia Vi investigant i en el misteriós home de la Tonya, que havia oblidat el plat de fruita que m'havia demanat. Vaig elaborar un generós combinat de raïm, meló i síndria amb una mica de formatge i vaig tornar al menjador.

La Tonya Plant somrigué quan em va veure arribar. La seva expressió serena semblava fora de lloc, tenint en compte la seva pèrdua recent. Callà a meitat frase quan em vaig apropar a la taula i li vaig posar el plat al davant.

—Gràcies, Cendrine —digué el xèrif Gates—, és tot.

Vaig assentir i vaig anar a la taula del costat, on em vaig entretenir col·locant la vaixella i els tovallons. Vaig esperar que la Tonya continués parlant, però no ho va fer. Prompte se m'acabaren les coses per fer.

Vaig notar uns ulls clavats en mi i en fer mitja volta vaig veure el xèrif Gates observant-me. Vaig canviar a la taula següent.

La Tonya va seguir parlant, però parlava en un volum molt baix, així que vaig haver de forçar l'oïda per escoltar alguna cosa. Se'm caigué una forqueta i vaig saltar en sentir el seu xoc contra el sòl.

La Tonya va tornar a interrompre la frase a meitat quan vaig arreplegar la forqueta. En aixecar-me em vaig trobar la seva mirada furiosa.

En Tyler Gates es remogué al seu seient. Tots dos em miraven.

—Què?

—Podries deixar-nos una mica de privacitat, Cendrine?

En Tyler Gates assenyalà amb el cap cap a la cuina.

—Sí, ho sento.

Em vaig retirar al mostrador i em vaig servir un altre cafè. Estava massa lluny per escoltar alguna cosa que no fossin paraules soltes de la conversa. La Tonya afirmava haver-se registrat divendres a la matinada, cosa que corroborava la versió de la tieta Pearl, encara que devia haver oblidat l'hora exacta. Semblava que per fi ens estàvem apropant a la veritat.

No podia veure les expressions del xèrif, així que no tenia ni idea de si creia la Tonya o no. Era absolutament necessari que m'assabentés del relat de la Tonya. El xèrif estava tractant amb una bruixa sense saber-ho, així que necessitava la meva ajuda. Era l'únic mode de verificar el seu relat i arribar a la veritat.

Em vaig animar en veure que podia omplir les vinagreres, així que vaig agafar els paquets de sal i pebre i vaig tornar a la taula de darrere del xèrif. Em vaig moure amb suavitat i vaig evitar el contacte visual amb la Tonya. Esperava que seguís amb la seva historia i no li fes al xèrif cap senyal que indiqués que jo era darrere d'ell.

—En Sebastien volia fer un vol —digué la Tonya—, però estava molt cansada i li vaig dir que se'n anés sense mi.

A eixes hores? Quina casualitat.

—A quina hora va ser això?

El xèrif s'inclina cap a enrere en la cadira i es posà les mans rere el cap.

Em vaig quedar congelada. Els seus braços estaven a centímetres de mi, i m'havien atrapat entre la cadira i la taula. Vaig aguantar la respiració i vaig intentar no fer cap soroll. Si la Tonya es va adonar, no ho va demostrar, va seguir amb el seu relat.

—Sobre les vuit o les nou del matí, crec. Em vaig prendre una pastilla per dormir al voltant d'aquelles hores, així que estava torrada.

La veu de la Tonya era forta i clara, res del suau xiuxiueig pesarós d'una vídua afligida.

—Fins a quina hora va estar dormint?

—No ho sé.

Segons l'àvia Vi, la Tonya havia estat amb un altre home des de l'hora del desdejuni. Assumint que les hores que havia dit l'àvia eren les correctes, el xèrif acabava d'agafar la Tonya en una mentida. Només que mai no ho sabria, tret que trobés una manera de desmentir la història de la Tonya. Havia de trobar aquell home. També havia de trobar els guants del tiquet de Walmart. El pot d'anticongelant també era important, però potser ja hi hagués proves líquides a l'ampolla de refresc. Em vaig perdre en els meus pensaments, sense adonar-me que havia deixat la mirada fixa en el xèrif Gates.

—No pots estar aquí mentre interrogo la senyora Plant, Cendrine.

Els seus ulls marrons em miraren fixament.

—No puc anar a un altre lloc. Esteu al meu restaurant. Treballo aquí.

El xèrif es posa dempeus i m'acomiadà amb un gest, mentre la Tonya em dedicà una mirada freda. No podia donar-li el tiquet davant d'ella, però no semblava que volés anar-se'n prompte. Com més temps es quedés, més trigaria en passar a una nova pista. El xèrif estava en desavantatge tret que l'ajudés algú que conegués tot el context. Eixe algú era jo.

* * *

Des del marc de la porta de la cuina, vaig veure com el xèrif recuperava el seu seient enfront de la Tonya Plant. Vaig forçar l'orella tan com vaig poder fins que vaig captar alguns fragments de la conversa. Si era tan manipuladora com deien la Hazel i la tieta Pearl, no tenia elecció, havia d'usar la màgia per poder escoltar i descobrir què pretenia la Tonya. Ni se m'havia acudit usar la màgia per potenciar l'oïda. Quan ho vaig pensar, vaig necessitar uns minuts perquè havia perdut pràctica i havia de recordar l'encanteri. Si ho hagués pensat abans hauria sigut molt més discreta.

—¡Cendrine!

El cor em va fer un bot dins del pit.

—M'has espantat! Per què em crides d'aquesta manera?

La tieta Pearl arrufà el front.

—No t'estava cridant. No estaràs usant els teus poders extrasensorials amb el xèrif, oi?

M'havia atrapat in fraganti.

—És una emergència.

—Per què la teva emergència és diferent de les meves? —Encreuà els braços—. Després em dius que atrec les problemes. Mira't bé, la senyoreta «legal». Està bé que tu utilitzis els teus poders però malament si ho faig jo?

—Són circumstàncies atenuants, tieta Pearl.

La mare es girà des dels fogons.

—Estàs escoltant d'amagades?

—És clar que no!

—Sí que ho està fent.

—Només per a ajudar-te, perquè tu no t'ajudes a tu mateixa.

La mare negà amb el cap.

—Acordàrem que res de màgia prop dels hostes.

—No tenia elecció. La tieta Pearl és una de les principals sospitoses per culpa dels seus jocs pirotècnics.

La mare rodà els ulls en blanc.

—No tornis a parlar del senyal un altre cop. Honestament, Cendrine, ets pitjor que un gos amb un os. No et rendeixes mai.

—La Ruby té raó —intervingué la tieta Pearl—, sempre ho pagues amb mi. Mostra una mica de respecte als grans.

Va deixar caure els braços exasperada.

—Mentre nosaltres discutim, la Tonya planeja arruïnar el poble. No només es va desfer del seu marit, sinó de l'home que donaria a conèixer Westwick Corners. Ella el matà, n'estic segura. Però fins ara, tot incrimina la tieta Pearl. —Em vaig enfrontar a ella—. Intenta inculpar-te.

La mare es quedà bocabadada.

—No és possible que pensin que la Pearl...

La Pearl donà una puntada de peu contra el sòl.

—Soc bruixa. Parlant en plata, no necessito matar ningú, hi ha formés més fàcils de desfer-se'n.

—Això el xèrif no ho sap. No sap res de bruixes, vòrtexs ni res per l'estil. M'enteneu ara?

Vaig tornar a centrar-me en la Tonya Plant i el xèrif.

—Digues al xèrif el que saps, Pearl —digué la mare alçant la veu. I diria que començava a enfadar-se.

—M'ho pensaré. Però primer he de fer unes coses.

Va fer mitja volta i se'n va anar abans de que poguéssim aturar-la.

En cap moment havia pensat que la tieta Pearl fos culpable, però feia un gran paper actuant com a tal.

Havia dit que la Tonya havia estat amb un altre home, però es negava a dir amb qui. Si ella no pensava dir-ho, hi havia més maneres d'esbrinar-ho.

CAPÍTOL 25

No podia seguir escoltant d'amagat la Tonya Plant i el xèrif, però podia esbrinar alguna cosa més de l'home amb qui havia estat. Vaig anar cap al mostrador i vaig treure el registre d'habitacions.

De les dotze habitacions, estaven totes ocupades per parelles tret de tres. En una habitació i havia dues dones i en una altra una dona sola. En la tercera habitació dormia en Jack Tupper III. Havia sigut un colp de sort que només hi hagués una habitació amb un home sol. Potser fos un error descartar els homes emparellats, però tenia el pressentiment que Jack era el nostre home.

Se m'accelerà el pols en veure el nombre de l'habitació.

Era l'antiga habitació de l'àvia Vi. La mateixa habitació on afirmava haver vist la Tonya amb un home misteriós.

Doncs bé, havia deixat de ser un misteri.

Estava quasi segura que l'amant secret de la Tonya era en Jack Tupper III.

No reconeixia aquell nom tan pretensiós, però era suficient per descobrir més sobre ell i esbrinar el seu parador en el moment de l'assassinat. Vaig tancar el registre d'habitacions orgullosa de les meves deduccions.

140

Si el que havia dit la tieta Pearl sobre la cita era cert, en Jack segurament conegués la Tonya abans de venir a l'hostal. De fet, probablement la seguís fins a aquí. Potser que fos ell l'home encaputxat de la glorieta.

Quan destapés la seva relació amb la Tonya, podria fer-li-ho saber discretament al xèrif. El més segur és que la Tonya negués la relació, i no podia dir-li al xèrif que el fantasma de l'àvia Vi els havia estat espiant, però hi hauria més pistes que el xèrif podria rastrejar, com les trucades de telèfon. Només havia d'aconseguir indicis que desviessin l'atenció de la tieta Pearl i assenyalessin el veritable culpable.

Vaig tornar al menjador, ansiosa per compartir el meu descobriment amb la mare. Vaig arribar al marc de la porta i em vaig aturar de colp en observar l'interior del menjador. En Brayden era assegut a unes poques taules del xèrif i de la Tonya Plant. Temia tenir «la xerrada» amb ell, però havia de fer-ho prompte. En veure'l ho vaig recordar, no era una cosa que m'abellís fer, cancel·lar un casament era una decisió molt important, i, després d'això, probablement ens separaríem.

En aquell moment, no estava segura de si era el que volia o no. De fet, ja no estava segura de res. No sabia si encara l'estimava o si ho havia fet alguna vegada. Era el meu primer i únic xicot, i, fins el moment, no m'havia plantejat un futur sense ell. Era com si tot hagués estat predestinat.

Per sort, en Brayden no era sol, així que podia esperar una mica més. Un home de cabell ros d'una tonalitat poc natural, seia front a en Brayden, donant-me l'esquena. Estava pràcticament segura que era l'home que hi havia a les vinyes la nit anterior. Estava obscur, però tenia la mateixa complexió prima i atlètica.

En Brayden captà la meva mirada de seguida i em somrigué. Em va fer un gest perquè m'apropés.

—Cen, aquest és el meu amic Jack. És de Shady Creek i s'allotja aquí. —Assenyalà l'home de pell morena que devia tenir uns trenta anys—. Jack, aquesta és la Cen. Aquest establiment pertany a la seva família.

Em vaig quedar muda quan vaig entendre el que això significava.

Devia de ser el mateix Jack que s'allotjava a l'antiga habitació de l'àvia Vi.

En Jack em va fer una encaixada de mans amb l'esquerra, indicant-me que tenia la dreta embenada. Era una mica més alt que en Brayden i uns anys major, i imposava una aura de superioritat sobre ell.

—Quin indret més pintoresc. Quan penseu renovar-lo? Estaria genial amb un canvi d'imatge.

—Està be com està.

M'ho vaig prendre com un insult intencionat. Encara que en Brayden no li hagués contat que l'acabàvem d'inaugurar, es veia que tot l'edifici havia estat restaurat. Com a hoste, havia de saber-ho. En Brayden em llençà una mirada d'advertència.

Els vaig observar tots dos quan el meu estómac va començar a rugir recordant-me que necessitava menjar.

—Si t'agrada aquest estil... —En Jack inclinà el cap enrere i rigué. Els cabells, perfectament pentinats, no se li van moure ni un mil·límetre. Es va treure una targeta de la butxaca de la camisa i me la va entregar—. Truca'm si t'interessa vendre'l. Encara que, honestament, aquest lloc està a punt de caure, l'únic valor és el de la terra. Per sort per a tu, sempre busquem propietats com aquesta.

En la targeta es llegia *Jack Tupper III, vicepresident, desenvolupament, Centralex.*

Em va agafar per sorpresa la connexió entre en Jack, els plans de l'habitació de la Tonya i l'encontre nocturn de les vinyes. La major revelació era que en Brayden no havia estat sincer amb mi.

—No estem interessades en vendre.

Volia entrar a la cuina a contar-ho tot a la mare. Encara que això no ajudaria, així que em vaig obligar a calmar-me i a obtenir tota la informació que pogués. En Jack era clarament còmplice de la conspiració de la Tonya, i, pel que semblava, era també el seu amant.

En Jack negà amb el cap.

—El teu hostal no sobreviurà quan obri el meu nou complex, centre de conferències i centre comercial. I el casino. L'única raó per la qual et funciona ara és perquè és l'únic que hi ha en tot el poble.

Em vaig posar colorada d'ira mentre intentava controlar el meu temperament. El paio tenia valor per atrevir-se a dir-me que el nostre negoci estava condemnat mentre devorava el desdejuni especial de la mare. També sabia que, en els plans que trobàrem a l'habitació de la Tonya, s'indicava que Centralex pretenia construir en la nostra propietat i no en cap altre lloc, en Jack estava usant la tàctica d'espantar-me per a aconseguir la propietat a baix preu. Doncs bé, no ens intimidaria. No si podia evitar-ho.

En Brayden gargamellejà.

—Els plans d'en Jack inclouen un complex hoteler.

Em vaig posar encara més vermella. En Brayden estava negociant i conspirant de nou, només que aquesta vegada, es tractava d'un negoci que competia directament amb el nostre.

—Però acabem d'obrir l'hostal. Westwick Corners no és prou gran com per a tenir un altre hotel.

Com a alcalde, en Brayden havia d'impulsar el comerç i els negocis, però això no implicava fer-se amic de l'explotador. No havia donat gaire suport a l'Hostal Westwick Corners, malgrat que treballés a temps parcial a Embruix. Quins favors esperava d'en Jack?

—És una cosa molt gran, Cen. El complex hoteler contarà amb dues-centes habitacions i amb un centre de conferències. Un destí turístic, no un negoci de poble. Donarà a conèixer Westwick Corners.

Em vaig sentir com si m'hagués apunyalat per l'esquena. L'hostal pertanyia a la meva família des de feia generacions i en Brayden sabia que mai el vendríem, passés el que passés. També sabia que era el nostre únic mode de guanyar-nos la vida. Així i tot, s'havia aliat amb un explotador estranger, i fins i tot havia ensenyat a en Jack la nostra propietat sota la llum de la lluna. Ho havia fet de nit a propòsit per a evitar que el veiéssim. Que més amagava?

Vaig sentir la fúria creixent dintre meu, estava a punt de perdre el control.

—He d'anar-me'n.

Vaig fer mitja volta sobre els talons.

—T'estic fent un favor. L'oferta només estarà en peu fins dilluns proper —replicà en Jack des de la taula.

—No volem vendre —vaig repetir—. Acabem d'obrir.

—Es poden obtenir molts més beneficis, Cen —cridà en Brayden darrere de mi.

Vaig assentir i vaig seguir caminant.

De sobte, en Brayden aparegué al meu costat. M'agafà del braç.

—Passaré per ta casa en una estona, Cen. Hem de parlar.

—La veritat és que estic bastant ocupada, després et truco.

Vaig respirar profundament i em vaig dirigir cap a la cuina. Em vaig debatre entre informar la mare de la proposició d'en Jack en aquell moment o fer-ho després de desdejunar. S'enfadaria, però havia de saber-ho.

La mare, la tieta Pearl i la tieta Amber eren les propietàries de les terres. Era encara més insultant que en Jack no s'hagués dirigit a elles directament. M'ho havia dit a mi a propòsit, evidentment. La informació de segona mà suavitzaria el fet que un foraster pretenia competir contra nosaltres. Però, després d'haver vist els plans de Centralex a l'habitació de la Tonya, sabia que aquella no era la seva intenció. El veritable objectiu d'en Jack era robar-nos el terreny i arrasar amb la nostra preciosa i històrica mansió des dels fonaments.

Vaig maleir en veu baia en veure com encaixava tot. La inversemblant història de la tieta Pearl sobre el vòrtex era totalment certa. La Tonya s'havia associat amb el major promotor de la zona, i comprarnos el terreny era una simple formalitat.

Els diners sempre feien que la gent cometés bogeries. L'àvia Vi tenia raó, no només sobre la propietat, sinó també sobre en Brayden. Havia posat els seus interessos econòmics per davant de la convivència de la meva família.

Estava a punt d'arribar a la cuina quan vaig escoltar el soroll de les cadires arrossegant-se des de la taula del xèrif Gates i la Tonya. Els vaig donar l'esquena quan s'aixecaren. Vaig suposar que hauria acabat d'interrogar la Tonya pel moment. Em vaig girar i em vaig dirigir cap a ell, però en Brayden m'interceptà.

—Cen, espera. —En Brayden s'apropà a mi amb el plat a la mà. Els coberts caigueren del plat d'ous i pa torrat quan va arribar al meu costat—. Sembles enfadada.

—Et vaig veure anit a les vinyes amb en Jack —vaig dir mentre entràvem junts a la cuina—. No sabia que entre les teves obligacions com a alcalde s'incloqués ensenyar la nostra propietat en secret a constructors.

—No és això, Cen. Estàs traient conclusions precipitades.

—Aleshores, què feies passejant d'amagades en meitat de la nit? De sobte t'obsessiona la nostra propietat?

—No estic obsessionat i no passejàvem d'amagades. —Aixecà la veu quan ens apropàrem a la porta de la cuina—. A en Jack li agrada ser discret. Si mostra massa interès, els preus es disparen.

—Així que és per les nostres terres. —Em vaig aturar just abans d'arribar a la porta i em vaig posar enfront d'ell—. Digues al teu amic Jack que no està en venda.

—Estàs exagerant, Cen, com de costum. —En Brayden posà els ulls en blanc i va fer mitja volta—. He d'anar-me'n. En parlarem després.

—Ah, Brayden.

—Sí? —es va detenir però ni tan sols em mirà.

—Se suspèn el casament.

En Brayden va fer mitja volta i em va mirar bocabadat. Per primera vegada en molt de temps, m'havia prestat atenció.

CAPÍTOL 26

En Brayden va seure a la petita taula que hi havia a l'entrada de la cuina. Estava plena de plats i gots, però va fer espai per al seu plat i va seguir menjant. Va punxar una creïlla amb la forqueta i la va mullar en quètxup.

—Què t'ha passat, Cen?

Corbà els llavis cap a baix, fent petarrells per aconseguir la meva compassió. No va funcionar. Aquesta vegada estava massa enfadada.

—No m'ha passat res. —No pensava esclatar a la cuina de ma mare, i menys encara quan ens podia escoltar molta gent—. No obstant això, a tu sí que et passa alguna cosa. I, sigui el que sigui, no m'agrada.

En Brayden aclucà els ulls i m'observà.

—Hi ha una cosa diferent en tu. De sobte, t'has tornat molt negativa. Estàs estressada pels preparatius del casament.

Em posà una mà al muscle com si fos una nena.

—Tens tota la raó. Aquest casament és massa precipitat, així que el cancel·lo. Després de tot el que ha passat m'estic replantejant moltes coses.

En Brayden es mossegà el llavi.

—Portem anys junts, Cen. Com pots pensar que ens hem precipitat?

—Hi ha alguna cosa que no està bé. Necessito temps per a mi, per pensar.

—No ens podem permetre el luxe del temps. Ho hauries d'haver pensat fa un any, quan vas dir sí.

—Han canviat moltes coses des d'aquell dia.

Per exemple, m'havia adonat que les aspiracions polítiques d'en Brayden sempre anaven per davant de mi. El nostre casament només era un element més de la seva llista de tasques pendents. Al igual que tothom, sempre havia assumit que ens acabaríem casant. Mai ho havia pensat dues vegades fins ara, probablement perquè em feia massa por enfrontar-me a la veritat.

—Com què?

—No ho entendries.

La meva atracció cap a en Tyler Gates era un simple capritx, però era un símptoma de la meva infelicitat amb en Brayden. Encara que pogués rebobinar l'efecte d'un encanteri, no podia rebobinar la meva vida. Una vegada escollit el meu camí amb en Brayden, no hi havia marxa enrere. Va caldre un assassinat a l'assaig del casament perquè m'aturés a pensar i prengués les regnes de la meva vida.

En Brayden es posà dempeus.

—No em facis açò, Cen. Vindran dues-cents convidats, fins i tot el governador. No pots cancel·lar el casament ara. —Va fer que no lentament amb el cap—. Saps quina imatge em donarà açò?

—No m'importa el que pensi el governador ni ningú. No puc fer-ho.

Encara que sí m'importava el que pensés la meva família. Sobretot la mare, que havia cuidat moltíssim cada detall. Detestava haver de decebre-la.

—Només estàs afectada per l'assassinat i tot això. —Em passà un braç per darrere de l'esquena—. Mira, sé que hauria d'haver estat a l'assaig, però em vaig veure saturat de feina. Prometo fer-ho millor a partir d'ara.

—El xèrif Gates em va dir que la reunió de delictes setmanal s'havia cancel·lat. No vas anar a la reunió i ni així et vas molestar en deixar-te caure per l'assaig. Si no creus que em mereixi el teu temps, per què hauria de casar-me amb tu?

—Això no és just, Cen. La reunió es cancel·là per un problema d'horari. És cert que en Jack només tenia una hora lliure en tota la vesprada, així que vaig haver de reestructurar la meva agenda.

—De debò? —La indignació augmentava en mi—. De segur que parlàreu sobre com aconseguir els terrenys a un preu regalat.

La ira es mostrà als ulls d'en Brayden.

—Deuries estar agraïda perquè s'hagi interessat pel nostre poble. Centralex és el millor que li ha passat a Westwick Corners en molt de temps.

Em vaig cabrejar encara més en recordar la passejada nocturna d'en Brayden pels voltants de la meva casa de l'arbre. Havia de mantenir la calma i no aixecar la veu.

—Ningú vendrà. Nosaltres tampoc. No hi ha res a la venda en tot el poble, i la resta són cultius.

—Et sorprendries, Cen. Qualsevol vendria si l'oferta és bona.

—Qualsevol? —Vaig arquejar les celles—. Shady Creek no va mossegar l'esquer.

En Brayden punxà el rovell de l'ou del seu plat amb la forqueta.

—L'Hostal Westwick Corners és massa petit per obtenir beneficis. Portarà la teva família a la fallida. El més intel·ligent és vendre, perquè les ofertes com la d'en Jack no ens arriben tots els dies. Almenys, escolta el que ha de dir.

Em vaig posar vermella de fúria.

—No vendrem, menys encara després d'haver-ho restaurat tot. Deuries saber-ho. Sembla que estiguis associat amb en Jack.

—No siguis ridícula. La meva feina com a alcalde és buscar noves oportunitats. Treballo per fer de Westwick Corners el lloc que tots volem, un lloc amb feina i creixement.

—Però no ho volem a qualsevol preu. —En Brayden ens havia venut. Tots els consellers del poble tenien més de setanta anys i, bàsicament votaven tot allò que en Brayden els deia, així que en Jack se'n sortiria amb la seva d'un mode o d'un altre—. Per què va rebutjar Shady Creek els seus plans?

—Per problemes de trànsit —rigué en Brayden—. T'ho pots creure? Qui no vol més trànsit? —Coneixia almenys una persona, i estaria disposada a prendre mesures—. Parlarem quan hagis tingut temps per calmar-te.

La seva actitud desdenyosa em posava dels nervis.

—No hi ha res més a dir. Hem acabat.

En Brayden em mirà amb la boca oberta. S'havia quedat sense paraules.

Va esperar que digués alguna cosa més, però jo ja havia acabat. Un minut després va fer mitja volta per anar-se'n, aleshores tornà pel plat del desdejuni i sortí de la cuina amb un cop de porta darrere d'ell.

CAPÍTOL 27

Em vaig quedar a la taula uns minuts més, bàsicament per assegurar-me que en Brayden i en Jack ja haguessin marxat. No escoltava veus ni sorolls del menjador, així que em vaig apropar a la porta i vaig mirar cap a fora.

Vaig sospirar alleujada en veure que estava quasi buit. En jack se'n havia anat, igual que els altres hostes. Ningú m'havia escoltat discutint amb en Brayden. Vaig obrir la porta i el cor em va fer un bot en veure en Tyler Gates assegut en una taula sota la finestra, tot sol.

Va veure el moviment de la porta i les nostres mirades es creuaren. Mantinguérem els ulls quiets un instant fins que ells els apartà. Ho sabia.

Genial.

L'única persona que no volia que s'assabentés dels problemes de la meva vida sentimental ho havia escoltat tot. Vaig tornar a entrar a la cuina, desmoralitzada.

Quina situació més incòmoda.

Volia parlar-li del cas, encara que la meva disputa recent feia que volgués evitar-lo. Però la tieta Pearl necessitava ajuda, i ràpid, així que no podia amagar-me rere un arbre.

—Has fet bé.

Em saig sobresaltar en escoltar una veu darrere de mi, no esperava que hi hagués ningú més a la cuina.

L'àvia Vi flotava a pocs centímetres de mi entre un aura morada.

—Vas prometre quedar-te a la casa de l'arbre, àvia.

—No puc quedar-me al marge quan em necessiten. En Brayden no és prou bo per tu. Podries haver aguantat una mica, però hauria acabat explotant d'igual manera.

—No m'estranya que ho pensis. Mai et va agradar. —Vaig tornar a seure a la taula, decaiguda davant de la perspectiva de cancel·lar les noces—. Com desconvidaré dues-centes persones?

—Ens les arreglarem. —L'àvia Vi va seure, o més bé, s'inclinà davant meu—. Ara pots centrar-te en el ben plantat nou xèrif.

—No faré res. Tinc tota l'energia centrada en resoldre l'assassinat d'en Sebastien Plant i en netejar la imatge de la tieta Pearl. Digues-me què saps de la Tonya Plant i en Jack Tupper.

—Qui és en Jack? —pregunta l'àvia Vi.

—El que va estar deambulant anit amb en Brayden —vaig contestar.

—El que va estar a la meva habitació.

—No és la teva... —vaig callar a meitat frase. No pagava la pena fer enfadar l'àvia. Vaig respirar profundament—. Vam acordar entre totes obrir l'hostal i totes vam fer sacrificis. No pots espiar la gent així.

—Trobava a faltar ma casa i la Pearl em va prometre que no ho diria a ningú. —L'àvia Vi arrufà el front—. La Pearl mai ha sabut guardar un secret.

—La vaig obligar a contar-m'ho. La culparan d'assassinat tret que fem alguna cosa al respecte. De què parlaren la Tonya i en Jack quan eres allí?

—No és que conversessin gaire en aquella habitació. Encara no han soterrat el seu marit i aquell pocavergonya ja s'està grapejant amb ella.

—Dos no s'enrotllen si un no vol.

L'àvia Vi arronsà les espatlles.

—No poden robar-nos la terra que trepitgem, oi?

—No si no acceptem vendre-la, i no pensem fer-ho.

—Sembla que pensin que ja és seva —digué l'àvia Vi—. Encara que la Tonya està jugant-li-la a aquell Jack. Està massa enamorat per adonar-se'n.

No podia imaginar-me un Jack tan agressiu enamorat, però potser fos diferent en la intimitat.

—Necessito la teva ajuda per resoldre l'assassinat, àvia. Vull que segueixis la Tonya a tot arreu on vaja.

—Et refereixes a espiar-la? Creia que no estava permès.

—En aquest cas, ho està.

No podíem deixar-la sense vigilància de moment. L'àvia Vi no anava a quedar-se en ma casa encara que li insistís, així que valia més aprofitar els seus talents.

—Però és bruixa. Em veurà. Per què espio millor en Jack.

Vaig dir que no amb el cap.

—A ell el vigilaré jo. Necessito algú poderós amb la Tonya i la teva màgia és molt més forta que la meva.

Aquell comentari semblà tranquil·litzar-la.

—Amb una condició.

—D'acord, parla.

Per què totes les promeses de la meva família venien amb condicions?

—Vull recuperar la meva habitació.

Vaig assentir. D'una manera o d'una altra totes volem recuperar alguna cosa. Però no estava segura d'aconseguir-ho sense conseqüències inesperades.

CAPÍTOL 28

Vaig obrir la porta de darrere de la cuina, sentint-me culpable per en Brayden. Encara que estava molt enfada amb ell, podria haver escollit un moment millor per descarregar la meva ira sobre ell, per no parlar de cancel·lar el casament.

Vaig pensar en córrer rere ell, però ja estava a mitjan camí de l'aparcament on en Jack l'esperava des del seient del conductor d'un Lamborghini vermell. Potser fos millor deixar-lo sol mentre tot s'enfonsava, però em sentia culpable per fer-li mal. No volia penedir-me'n en un moment de debilitat, però tenia tot el dret del món a estar enfadada.

D'altra banda, en Brayden ja no semblava tan afectat. Va fer un crit per captar l'atenció d'en Jack.

Aquest tragué el cap per la finestreta i digué alguna cosa que no vaig poder captar.

En Brayden rigué. Vaig veure com el cotxe d'en Jack sortia de l'aparcament i desapareixia per darrere del turó.

Vaig sospirar i vaig tornar cap a la porta. Sabia que havia de parlar-li a la mare de l'oferta limitada d'en Jack, però això em deprimia. També la deprimiria a ella, i no estava preparada per a tantes emocions. Em removia que en Jack hagués tingut estómac per menjar i allotjar-se al Westwick Corners mentre planejava destruir-lo.

No obstant això, la hipocresia d'en Jack i la seva absència temporal eren una finestra oberta, una oportunitat. Podia ficar-me en la seva habitació i intentar descobrir més informació sobre els seus plans.

Vaig córrer escales amunt i em vaig aturar al replanell. Quasi sense alè, em sorprengué adonar-me que m'estava convertint en la tieta Pearl. Potser la seva bogeria desmesurada fos hereditària.

Vaig pujar l'últim tram d'escala pensant que, si el nostre negoci encara no estava enfonsat, a la nostra reputació li faltava poc. Si els clients descobrien el personal entrant a les seves habitacions mentre desdejunàvem, estàvem perdudes.

No, jo no era la tieta Pearl. A més, tenia un motiu perfectament raonable, comprovar si els quedava sabó i xampú. Em vaig dirigir al passadís i vaig passar pel magatzem per a agafar subministres. Em va animar pensar que, almenys, podia fer alguna cosa productiva.

El passadís estava buit quan vaig obrir la porta d'en Jack. Tenia l'habitació feta un desastre, hi havia llençols i tovalles per tot el sòl. Vaig entrar al bany i em vaig espantar en veure taques de sang a la banyera. Una vegada superada la impressió inicial, em vaig adonar que probablement fos de la mà que portava embenada.

Però... com es va ferir la mà?

Vaig pensar en la meva tieta i la seva por a la sang. Era impossible que hagués vist la banyera i no hagués perdut els nervis.

Vaig examinar l'habitació. A més de la sang, no hi havia res fora del normal al bany, però immediatament, un objecte de la paperera que hi havia al costat de l'escriptori em cridà l'atenció. Hi havia una palanca de pneumàtics ensangonada. En Jack no semblava dels que es mutilen, i menys amb un objecte així.

De sobte, tot cobrava sentit. Una palanca era suficient per matar algú, encara que fos algú tan gran com en Sebastien Plant. Resulta que en Plant i en Jack eren rivals en l'amor. En Jack era prou alt i for com per donar-li un colp mortal a en Sebastien Plant. I, si aquest estava borratxo, no oposaria gaire resistència.

Vaig fer mitja volta i em vaig dirigir cap a la porta. Havia de contar-ho al xèrif immediatament perquè pogués precintar l'habitació i buscar proves. Clarament, en Jack no s'esperava que ningú entrés a la seva habitació. Havia deixat l'arma temporalment en la paperera fins que pogués desfer-se'n d'ella en caure la nit.

El cor em va fer un bot quan em vaig trobar de cara amb l'àvia Vi. Devia d'haver-me seguit en secret.

—Quasi em mates d'un esglai, Cen!

Va flotar fins a un racó i va somriure amb superioritat.

—Ja estàs morta, àvia. Per què m'has seguit fins a l'habitació d'en Jack?

—És la meva habitació, no la d'en Jack, i penso venir sempre que em vingui en gana. —Mirà amb desdeny tota l'habitació—. És un ultratge. És encara més desordenat que tu.

Vaig passar per alt l'insult.

—Àvia, si us plau. No pots entrar així a les habitacions dels hostes.

—Per què no? Tu també tafaneges.

—No, no tafanejo. Només he vingut a deixar el xampú.

Li vaig ensenyar tots els pots de sabó i xampú que portava damunt.

—Bon intent, estimada, però no oblidis que puc llegir-te la ment. Si sospites d'aquell Jack, per què no em deixes que t'ajudi?

—No, àvia. Ara me n'he d'anar. He de parlar-li de la palanca a el xèrif.

Estava a punt d'obrir la porta quan em vaig quedar congelada en sentir una clau ficant-se al pany.

CAPÍTOL 29

—Què dimonis fasw a la meva habitació?

La silueta d'en Jack Tupper aparegué per la porta tapant la llum del sol que entrava des del passadís. També em bloquejava la sortida.

—Tasques de manteniment. He vingut a deixar sabó i xampú.

Em vaig posar vermella en veure com de poc convincent era la meva excusa. Era obvi que no estava prop del bany. Ni tan sols se m'havia acudit que en Jack pogués tornar. Hauria oblidat alguna cosa.

—No és necessari. —Em va fer fora amb un gest de la mà—. Serà millor que marxis.

Vaig sortir per la porta, però en passar pel seu costat, se'm caigueren les ampolles sobre l'escriptori.

Vaig donar un cop de porta i no vaig mirar enrere.

Vaig baixar corrent les escales, vaig entrar al menjador i vaig anar cap a la taula del xèrif Gates. Desafortunadament, la Tonya tornava a estar asseguda amb ell. Però, simplement, no podia esperar.

—He de parlar amb tu.

La Tonya em mirà amb les celles arrufades.

Ella sabia que planejava alguna cosa. Vaig sentir una por sobtada en recordar les advertències de la tieta Pearl. Deuria d'haver esperat que el xèrif estigués sol, però sota unes circumstancies així, com podia esperar? Probablement, en Jack estigués desfent-se de la palanca en aquell mateix moment.

—Què passa?

Va notar la meva preocupació.

—És confidencial.

Vaig llençar una mirada cap a la Tonya, que semblava haver-se posat nerviosa. Això només podia significar una cosa: que estava involucrada en l'assassinat del seu marit i que sospitava que jo estava a punt de parlar-ne. Què sinó podia ser tan urgent per interrompre els interrogatoris del xèrif?

—Podem parlar a la cuina?

Ell mirà cap a la Tonya i assenti.

—Necessito cinc minuts.

* * *

Deu minuts després, en Tyler Gates estava assegut enfront de mi a la taula de la cuina.

S'inclinà cap a endavant i parlà en veu baixa:

—Açò és confidencial, però una palanca d'aquest tipus encaixa millor amb els resultats del forense.

—Segur que deus contar-me aquestes coses? Recorda que sóc la premsa.

—Contar-t'ho és part de la meva estratègia. Espero que puguis publicar una història que ens porti a descobrir els veritables assassins. Segur que algú del poble ha de saber alguna cosa.

—Aleshores descartes la tieta Pearl i el seu bastó?

Va negar amb el cap.

—No hi ha res ni ningú descartat, però per mi està bastant clar que el bastó no és prou pesat com per provocar el dany que vam veure al crani d'en Plant.

Em vaig estremir.

—Serà millor que t'afanyis abans que en Jack faci desaparèixer les proves.

Havia sigut bastant descuidat tirar la palanca a la paperera. O potser tingues un excés de confiança. Qui anés a netejar l'habitació, en aquest cas la tieta Pearl, la principal sospitosa, ho notaria. Però semblava que en Jack pensés que érem massa ximpletes per a lligar caps. O potser no hagués tingut temps de fer-la desaparèixer.

—Els agents de Shady Creek estan de camí —digué en Tyler—. Els he trucat abans d'entrar a la cuina.

—Espero que la Tonya no t'hagi sentit.

—No, ha sortit amb presses després de tu.

Genial.

Havia d'avisar la Hazel i la tieta Pearl que la Tonya anava darrere de nosaltres.

—És sospitosa? Al cap i a la fi, és la seva dona. No sembla gaire afectada, si m'ho permets.

—Tothom és sospitós fins que es resolgui el cas.

—Està implicada d'alguna manera. Sabies que havia estat infidel?

Semblà sorprès.

—És el que estem veient. La pregunta és, com ho sabies tu.

Em vaig moure nerviosament mentre pensava una excusa. No podia dir que la meva àvia fantasma s'havia ficat a l'habitació d'en Jack.

—Vam veure la Tonya entrant a l'habitació d'en Jack.

—I creus que això demostra la seva relació? De segur que tens alguna cosa més.

No tenia res més que li pogués dir.

—La Tonya i en Jack són socis de negocis. En Jack està tractant d'espantar-nos perquè li venguem les nostres terres per convertir-les en un nou complex de Travel Unraveled. En Sebastien estava en contra. Crec que per això el van matar. —El xèrif va romandre en silenci mentre digeria la meva declaració. Crec que estava debatent quant podia contar-me—. Hi ha més. —Li vaig donar el tiquet de Walmart que portava a la butxaca i li vaig parlar de l'ampolla de refresc que havia vist a la paperera—. No crec que fos ebri. La Tonya l'intoxicà amb anticongelant i va fer que en Jack el colpegés amb la palanca. Encara que morís enverinat, podria culpar a en Jack de l'assassinat.

El boc expiatori se m'acudí en el moment que ho vaig dir. Tenia sentit que la Tonya culpés en Jack. Així no hauria de compartir el botí amb ningú.

En l'estat de fam en què em trobava una estona abans, se m'havien escapat moltes coses que ara veia amb una claredat il·luminadora.

En Tyler Gates assentí.

—Això encaixa amb l'informe del forense. En Sebastien Plant va patir diversos traumatismes, el tipus de ferides que provocaria una palanca de ferro. Però, per alguna estranya raó, no sagnà tant com deuria.

—Creus que ja era mort quan el van colpejar?

Vaig recordar haver vist alguna cosa semblar a *Crims perfectes.*

Va obrir els ulls com a plats.

—Sí.

—L'autòpsia ha revelat signes d'intoxicació?

En Tyler Gates aclucà els ulls, tragué el mòbil i marcà.

—Això és exactament el que hem d'esbrinar.

CAPÍTOL 30

L'única cel·la de Westwick Corners no solia estar gaire transitada. Ocasionalment, passaven per allà tabolaires borratxos, però mai, tret que jo sabés, cap bruixa. La convidada d'honor del dia era la tieta Pearl. L'havien agafada amb la vareta, o el bastó, segons creia el xèrif. L'havia seguida fins a la benzinera després d'haver-la vist amb una altra garrafa de benzina. Li la va confiscar per prevenir futurs actes vandàlics. També li confiscà la vareta. Comprar benzina no era il·legal, però robar-li proves a la policia, sí.

Els detalls del xèrif eren confosos, però, d'algun mode, la tieta Pearl havia aconseguit sortir-se'n. No tenia cap dubte que la màgia havia jugat un paper important tant en la pèrdua de memòria del xèrif com en la recuperació de la seva vareta confiscada per la policia. Vaig prometre fer-li-ho pagar amb la justícia.

L'única cosa que no podia explicar era com havia robat la vareta (o bastó) en primer lloc. L'armari estava intacte, sense senyals d'haver estat forçat.

Nomes havíem tret una cosa bona de les entremaliadures de la tieta Pearl, finalment havia acceptat acompanyar-me a la comissaria per aclarir-ho tot. Tenia por que intentés robar de nou la vareta, però havia d'arriscar-me. La vaig convèncer que el xèrif seguiria vigilant-la tret que li proporcionés noves pistes per seguir. Per a la meva sorpresa, accedí. Totes dues sabíem que això inclouria preguntes incòmodes sobre la vareta. La seva conducta fins al moment creava confusió i l'incriminava, i esperava que aquesta vegada col·laborés de veritat.

La tieta Pearl encara no havia estat acusada formalment, però hi havia una part de mi que pensava que aquella cel·la era el lloc més segur per a ela. Com a bruixa, podia fugir en qualsevol moment, però això només empitjoraria les coses. Havia de convèncer-la perquè es quedés queta mentre jo obtenia totes les proves necessàries per acusar la Tonya. Qualsevol altra cosa podia contribuir al pla de la Tonya de culpar la tieta Pearl. No tenia proves d'allò, només un pressentiment i la certesa que cap membre de la meva família, ni tan sols la tieta Pearl, era capaç d'assassinat.

Una altra part de mi es preguntava perquè el xèrif Gates havia preferit detenir la tieta Pearl abans de centrar-se en les proves que incriminaven la Tonya i en Jack. La llei operava en fred, sobre fets reals, i jo per fi havia trobat proves que no assenyalaven la tieta Pearl. El xèrif tenia molts motius per interrogar aquells dos, però ja havia utilitzat l'única cel·la que tenia disponible. Esperava que sabés bé el que es feia.

El pla de l'àvia Vi de mantenir la tieta Pearl allunyada de la Tonya no tenia sentit amb la meva tieta en custòdia, així que tornàvem a estar en el punt de partida. Havia arribat a la comissaria pocs minuts després de la trucada del xèrif, acompanyada per l'àvia Vi.

Després de diversos intents frustrats de convèncer l'àvia Vi de vigilar la Tonya, em vaig rendir. Entenia les prioritats de l'àvia, la tieta Pearl tenia més de setanta anys, però seguia sent la seva filla. El seu instint maternal s'interposava.

—L'hem de treure d'aquest cau, Cen.

—Tranquil·la, àvia. Crec que només és aquí perquè l'interroguen.

En el fons estava preocupada perquè el xèrif no havia explicat els motius exactes pels quals la mantenia custodiada. Coneixent la tieta Pearl, podia ser qualsevol cosa. De sobte, un incendi provocat semblava una cosa petita en comparació amb l'assassinat. Em preocupava que hagués arribat massa lluny.

Esperàrem a la petita recepció de l'oficina que servia de comissaria de Westwick Corners. Hi havia mitja dotzena de cadires amb espatller de vinil en la sala d'espera i un mostrador de fusta que provenia de l'antic ajuntament de 1970. Vaig agafar una revista de feia dos anys i la vaig fullejar, però no podia concentrar-me.

La comissaria es trobava a la primera planta de l'ajuntament. Era l'últim lloc on volia estar en aquell moment. El despatx de l'alcalde es trobava al mateix edifici i corria el risc de trobar-me amb en Brayden.

L'àvia Vi passejava, o més bé, levitava, per tota l'estança i per la sala on es trobaven el xèrif i la tieta Pearl.

—Pots parar? Les teves passejades frenètiques em fan mal de cap.

—No puc evitar-ho, Cen. No pinta bé per a la Pearl. Li està fent un interrogatori exhaustiu.

L'àvia Vi s'inclinà sobre mi. La seva imatge era més clara del normal a causa de l'estrès emocional que li produïa veure la seva filla sent interrogada.

Les veus que sortien del despatx del xèrif a penes s'escoltaven, però estava bastant segura que pertanyien a en Tyler Gates i a la tieta Pearl. No hi havia ningú més allà.

—Només has escoltat fragments de la conversa. Potser hagis mal interpretat alguna cosa.

Em molestava que l'àvia Vi s'hagués colat en el despatx per escoltar. Concretament, m'irritava que ella pogués escoltar d'amagades i jo no.

L'àvia Vi a negà amb el cap.

—El missatge estava més clar que l'aigua. El xèrif Gates no té més sospitosos. La Pearl caurà.

Va fer un gest exagerat amb el polze cap avall.

—Només és una tècnica d'interrogació. No crec que sigui bona idea que els escoltis, àvia. L'únic que faràs serà estressar més la tieta Pearl, ja que ella et pot veure. Potser digui alguna cosa inadequada.

La combinació de l'àvia Vi i la tieta Pearl podia provocar més problemes dels que jo era capaç de suportar. La Pearl podia fugir fàcilment, per això era allà. Com més prompte allunyés la seva bogeria del xèrif, millor.

—Calla, que ve el xèrif.

L'àvia Vi es refugià en un cantó del sostre just davant meu.

En Tyler Gates no semblava gaire content, cosa que no era d'estranyar tenint en compte que la tieta Pearl no li havia donat res pastat. Era el seu segon dia de feina i probablement ja estigués penedint-se d'haver-la acceptada.

—La Pearl es quedarà sota custòdia.

Em vaig sobresaltar.

—Arrestada?

Li havia promès a la Pearl que l'interrogatori duraria sobre una hora. Estaria furiosa amb mi.

—Tècnicament, no. Però vull que passi aquí la nit. Em preocupa la seva seguretat, així que he decidit mantenir-la en custòdia protectora. Així la puc tenir vigilada.

Vaig pensar que havia de preocupar-se de qualsevol altre tret d'ella, però no li vaig dir.

—Sap cuidar-se sola. Però si et preocupa, pots deixar-la sota la meva custòdia. Prometo no treure-li l'ull de sobre.

En Tyler negà lentament amb el cap.

—Tem que no puc fer això. Ha amenaçat amb fer-se molt de mal.

Això no m'ho vaig creure ni un instant.

Vaig sospitar que la tieta Pearl havia tractat de lliurar-se de l'interrogatori i li havia sortit el tir per la culata.

—És tot xerrameca. La seva seguretat no és motiu suficient per mantenir-la rere els barrots.

—No és l'únic motiu. Està massa implicada en el cas.

Em vaig posar dempeus.

—La tieta Pearl no és cap assassina. Sé que no és el que sembla, però ella no ho va fer.

Un lleu somrís es dibuixà als llavis d'en Tyler Gates.

—No he dit en cap moment que hagi estat ella. Està retinguda per obstrucció de la justícia, no per assassinat.

—Ah.

Em vaig relaxar una mica al assimilar les seves paraules. Per una part, em vaig sentir alleujada, però per l'altra, temia els estralls que pogués causar des de l'interior de la comissaria.

—Ho sento, però no tinc elecció. El governador m'està pressionant perquè resolgui el cas, i la teva tieta no deixa de causar problemes. No pot furtar proves quan li vingui en gana.

—Què?

Em sentia com un disc rallat, però no se m'acudia res més que dir sense incriminar-me a mi mateixa.

—D'algun mode, va aconseguir treure el bastó que havíem confiscat com a prova. És una caixa forta, així que no sé ni com ho va fer. L'armari no estava forçat i jo tinc l'única clau. La Pearl no m'ha dit com ho va fer, però la vaig sorprendre amb la prova entre mans.

Va fixar els suaus ulls marrons en mi i em va recórrer un calfred, malgrat la calor sufocant que feia al despatx.

—Sí, necessita el bastó.

—Li vaig suggerir que n'aconseguís un altre, però es negà. Estava disposat a donar-li una mica de marge, però ha interferit en una investigació d'assassinat.

—Has fet el que calia.

Podria fer molt més si no hagués d'anar constantment rere la tieta Pearl. Sens dubte, fugiria de la justícia, però ja m'ocuparia d'això arribat el moment. De fet, el seu empresonament em permetia investigar una mica mes sobre en Jack i la Tonya.

En Tyler Gates m'indicà que segués i va seure al meu costat.

—Acabo de parlar amb el forense s'han trobat cristalls d'oxalat de calci als ronyons d'en Sebastien Plant. Tenia una intoxicació d'etilenglicol.

A la mà esquerra tenia una carpeta on es podia llegir *Plant – Informe forense.*

Em vaig portar les mans a la boca.

—Tenia raó sobre l'anticongelant.

Assentí.

—Tenim el vídeo de la càmera de vigilància de Walmart on surt la Tonya a la mateixa hora que indica el tiquet.

Per fi una prova sòlida que apuntava a una persona diferent de la tieta Pearl.

—Així que, la tieta Pearl és sospitosa oficialment?

—Ara mateix, no puc dir res més, i tu tampoc. Només volia informar-te que hem seguit la informació que ens has proporcionat. No pots informar d'açò fins que ho comuniqui més tard.

Em vaig posar dempeus, allejada perquè la tieta Pearl ja no fos el centre d'atenció.

—Puc veure la tieta?

Vaig mirar cap a dalt, però l'àvia Vi havia desaparegut. Vaig sospitar que ja estaria compadint-se de la tieta Pearl a la seva cel·la.

—No veig perquè no. Però recorda no mencionar res de l'informe forense encara.

Li ho vaig prometre i em va indicar que el seguís pel passadís fins a la cel·la solitària. La tieta Pearl, asseguda sobre el llit, ens mirava mentre ens apropàvem. Era una cel·la, però tenia elements acollidors com un cobertor de ganxet o una catifa trenada sobre el sòl de linòleum.

A la tieta Pearl no semblava impressionar-li la decoració. Quan ens vam apropar, remugà.

—Vull un advocat.

La vaig ignorar i vaig observar fixament el xèrif.

Es limità a arrufar el front.

—D'acord. Les deixo soles uns minuts.

Westwick Corners estava en dèficit, així que estava bastant segura que la cel·la no estava equipada amb costoses càmeres de vigilància ni amb dispositius d'escolta. I, encara que estiguéssim vigilades, tenia preguntes que necessitaven ser respostes.

—Què passa amb la Tonya? Se suposava que devies seguir-la.

—Per això era a la benzinera. La vaig seguir, però es va ficar en una camioneta de Centralex.

La tieta Pearl escopí en pronunciar el nom de la companyia, com si li deixés un mal sabor de boca.

—Vas arribar a veure qui conduïa la camioneta?

La tieta Pearl assentí.

—Era el *hippy* de cabells llargs que ha estat rondinant l'hostal darrerament.

—Et refereixes a en Jack Tupper? El que dorm a la antiga habitació de l'àvia Vi?

Em sorprengué una veu baixa maleint des del sostre i vaig mirar per veure l'àvia Vi amb el puny tancat i murmurant per a ella sola.

—Justa la fusta —confirmà la tieta Pearl—. No podia seguir-los perquè jo anava a peu. I aleshores el xèrif m'ha agafat. Des de quan comprar benzina és un delicte?

—No hauries d'haver fugit d'ell, tieta Pearl.

—Anava a arrestar-me, Cen. Per què? —pregunta sacsejant els braços—. Sóc innocent. Vull un advocat. Segons el xèrif, la tieta Pearl encara no havia sigut tècnicament arrestada, però no volia acalorar la discussió.

—Quina direcció va prendre la camioneta?

—Van agafar l'autopista en direcció a Shady Creek.

Em va enfonsar els ànims.

—Ara els hem perdut a tots dos. Mai sabrem què tramen.

Tant la Tonya com en Jack tenien motius de pes. La Tonya havia aconseguit el control de l'imperi Travel Unraveled, i tots dos, com amants, si és que ho eren, havien eliminat l'obstacle que s'interposava entre la seva relació. La Tonya havia de desfer-se de la tieta Pearl per seguir amb els plans de desenvolupament, així que tenia sentit culpar-la de l'assassinat.

—No us preocupeu. —L'àvia Vi va baixar des del sostre i es va inclinar rere la tieta Pearl—. Jo els seguiré. On és Centralex? Començaré per allà.

Vaig treure el mòbil i vaig buscar la direcció. Tenir un fantasma de la nostra part era un gran avantatge.

—Vaig amb tu.

aig trepitjar l'accelerador a fons i vaig prendre l'autovia cap a Shady Creek per a anar a Centralex. Esperava que la Tonya i en Jack es dirigissin allà, perquè no tenia altre mode de trobar-los.

Era difícil concentrar-se en la carretera amb l'àvia Vi levitant pel cotxe. Els fantasmes no seien, es reclinaven, i sempre em tapava la visió quan intentava mirar pel retrovisor. La seva imatge translúcida estava envoltada per una espècie de boira difusa que també em dificultava la vista cap a endavant.

—Manté els ulls a la carretera, Cen, o ens mataràs.

L'àvia Vi s'apropà perillosament a una de les rodes davanteres. Dubtava que un fantasma pogués alentir la roda, però així i tot em posava dels nervis.

—Ja estàs morta, recordes?

—I tu ho estaràs prompte si no disminueixes la velocitat —remugà i es retirà al seient de darrere.

Vaig canviar de tema.

—Recordes què més va passar a l'habitació de la Tonya i en Jack?

—Vols dir a més del sexe?

—Sí, a més d'això. Què van parlar?

—No estava escoltant atentament, però recordo alguna cosa sobre unes noces.

—Entre ells?

Se'm va fer un nus a la gola en escoltar parlar de casaments. Un altre motiu d'assassinat, encara que no podia dir-li al xerif que m'ho havia contat un fantasma tafaner. Havia de comprovar-ho.

—La Tonya digué a en Jack que haurien d'esperar un any fins que passés la polèmica de l'assassinat d'en Sebastien. Només vaig sentir això.

—N'estàs segura? Intenta recordar. Sabem que un dels dos matà en Sebastien Plant. Només hem de demostrar-ho.

—Per això els seguim fins a Shady Creek? —L'àvia es reclinà davant del meu seient, esborronant-me la vista—. Em sembla una pèrdua de temps. Aquesta tasca no li correspon al xèrif?

—No pot enfrontar-se a la màgia, àvia. Necessita la nostra ajuda.

—Se les arreglà bastant bé amb la Pearl. Ara que ho penso, per què ajudem el xèrif Gates? Té la Pearl a la garjola. És una persecució.

—Ella s'ho ha buscat i ho saps. —No podia esperar que l'àvia Vi fos objectiva quan la seva filla estava implicada—. Un assassinat és molt més seriós, i la Tonya i en Jack intenten fer-se amb les nostres terres. Estem recolzant la nostra causa. Ens interessa ajudar-lo parant un parany a la Tonya i a en Jack.

—Aquell *hippy* ja s'ha quedat la meva habitació. El vull fora. — L'àvia Vi levitava d'un costat a un altre—. Exactament, com ho farem?

—Direm que hem canviat d'opinió i que hem decidit vendre. Jo només aniré de part de la mare, la Pearl i l'Amber, les vertaderes propietàries, així no tindran més elecció que tornar a Westwick Corners.

L'àvia Vi bufà.

—Sona arriscat. Jo no tinc veu ni vot?

—És clar que sí, però ets un fantasma, recordes? Vas deixar la propietat a les teves filles, així que elles decideixen què fan amb ella. Només és una tracamanya, no pensem vendre de debò.

—Val més. Vull recuperar la meva habitació. I més ara que has cancel·lat el casament.

—Per mi perfecte. —No era decisió meva, però no estava disposada a passar-me el trajecte discutint amb l'àvia Vi. Ens faríem sortir de polleguera mútuament—. Primer hem de trobar la Tonya i en Jack. Els enganyarem perquè tornin a Westwick Corners.

Conduírem durant mitja hora més en silenci fins que arribàrem al desviament de Shady Creek. Sortírem de l'autovia i recorreguérem un altre kilòmetre fins a arribar al centre. Centralex es trobava a l'edifici més alt, una monstruositat envidrada que semblava brotar dels antics edificis de rajols i fusta com una mala herba.

Vaig reduir la velocitat en arribar a l'edifici, però vaig sentir una onada de terror front a la idea d'entrar a l'aparcament.

—T'has passat l'entrada —indicà l'àvia Vi.

—Ho sé. He d'elaborar un pla.

Vaig girar en el següent cantó, rodejant l'edifici.

—De debò, Cen? Has tingut molt de temps per pensar durant tot el camí. Deixa de fer rodar el cap i actua.

—Per tu és fàcil de dir, ets invisible. —Vaig reduir la marxa i vaig tornar a la part davantera de l'edifici. Em vaig alegrar en veure estacionada la camioneta de Centralex. Les meves esperances s'esvaïren de seguida, quan vaig veure altres tres camionetes idèntiques—. Tant de bo hi hagués un mode més senzill de saber si són aquí o no.

L'àvia Vi sospirà.

—Faré una ullada mentre esperes al cotxe.

—Ni parlar-ne. —L'àvia Vi no podia conduir, però sens dubte es ficaria en problemes dins de la seu de Centralex. Vaig buscar una plaça apartada i vaig aparcar el cotxe—. Som-hi.

Mentre m'apropava a l'edifici, vaig tenir la sensació que o hi havia marxa enrere.

CAPÍTOL 32

Vaig empentar la pesada porta de vidre de la seu de Centralex, sorpresa perquè fos oberta un dissabte. La vaig subjectar momentàniament perquè passés l'àvia Vi. Era la força de la costum, era totalment innecessari, ja que podia travessar-la.

La planta principal donava a un pati interior envidrat amb escales a una banda.

—Espera aquí —li vaig dir a l'àvia Vi.

Vaig muntar per les escales fins la segona planta. Vaig caminar de puntetes sobre la moqueta fins a les veus que s'elevaven des del final del passadís.

Hi havia dues persones parlant, però, pel timbre de la seva veu, es tractava de dos homes.

Em vaig col·locar a la paret oposada a l'estança d'on sortien les veus. Des del meu nou punt de vista, vaig observar, a través de la porta, una gran taula de conferències. Els dos homes seien a uns tres metres de separació l'un de l'altre, i, el que seia front a mi, era en Jack.

Em vaig quedar paralitzada en reconèixer la veu d'en Brayden.

—Cal canviar la zonificació, però és fàcil —digué en Brayden—. Els consellers solen fer tot el que els dic. La família West demana més diners, però crec que acceptaran l'oferta si s'acosta raonablement al valor del mercat.

Se'm formà un nus a la gola quan em vaig adonar que en Brayden es referia a la nostra propietat. L'àvia tenia raó sobre el pla d'en Jack i la Tonya, però, semblava que en Brayden també hi estava implicat. Havia estat confabulat amb en Jack des d'abans de la nostra ruptura. Feia mal. Com a alcalde, se li plantejava un conflicte d'interessos, però, com podia trair-me així?

Estava tan enfadada que quasi em planto al bell mig de la sala. Vaig respirar fons i em vaig calmar tractant d'escoltar més de prop. No necessitava l'àvia Vi per llegir-li la ment a en Brayden.

En Jack li passà una pila de documents a en Brayden per sobre de la taula.

—Aquí hi ha una cosa per a tu. Per quan acabem amb tot açò.

Havia comprat en Brayden? El meu ex era moltes coses, però no era cap delinqüent. Estava segura que no seria capaç d'acceptar un suborn, però tampoc creia el que estava escoltant.

—No sé —contestà en Brayden—. Serà difícil abandonar la política.

—No has de fer-ho. Treballa amb mi uns anys i després torna a la política. —En Jack s'aixecà del seient i caminà cap a en Brayden—. Aconsegueix-nos contactes entre els polítics i et farem un nom. —En Jack va fer una abraçada a en Brayden—. Tots acabem guanyant.

—És molt temptador —respongué en Brayden—. Ara ja no tinc res que em nugui a Westwick Corners.

Evidentment, es referia a mi, però també parlava del poble al qual tant deia estimar.

—Sí, ho sento, nano. Me n'he assabentat de la ruptura. —En Jack li va fer un cop de puny al muscle—. Estaràs millor a llarg termini.

M'enfurismava que en Jack em jutgés d'aquella manera quan ni tan sols em coneixia. Cada vegada em queia pitjor.

—Ho sé —assentí en Brayden.

Ara sí que estava furiosa. En Brayden havia superat la nostra història molt ràpidament. I ara venia el poble al millor postor. Encara que no havia fet res, el simple fet de mantenir aquella conversa amb en Jack el convertia en un traïdor als meus ulls. Pel que sabia, mai havia acceptat suborns en metàl·lic, què canviava en una oferta de treball? De tota manera, estava acceptant una recompensa per canviar-se de bàndol, en lloc de vetllar pels interessos dels seus electors, els habitants de Westwick Corners.

Em vaig sobresaltar molt quan em sonà en mòbil. En Brayden també l'havia sentit. S'apropà a la porta i mirà pel passadís. Es quedà mut de sorpresa quan les nostres mirades es trobaren.

En Jack em va veure un segon més tard.

—Qui del llop parla, el llop li surt.

Vaig assenyalar el mòbil.

—He de contestar.

Vaig agafar la trucada mentre m'afanyava a pensar què dir a continuació.

La veu de l'àvia em travessà el cervell.

—On ets?

—No importa. Per què em truques?

—T'estic esperant al vestíbul. Hem acabat ja? Vull tornar a Westwick Corners —ploriquejà dramàticament.

—Els fantasmes no usen telèfons —vaig xiuxiuejar, em vaig apartar de la porta a màxima velocitat i em vaig allunyar pel passadís.

—T'acabo de trucar, oi?

—D'on has tret el meu número?

—Ai, Cen. A vegades ets ridícula. No necessito el número, ni tampoc necessito trucar-te. —La imatge de l'àvia Vi es materialitzà lentament davant de mi. Després de tot, no havia usat cap telèfon, només la màgia—. Havia de fer alguna cosa per captar la teva atenció, així que l'he fet sonar. Sóc aquí per contar-te els meus descobriments.

—Quins descobriments? Se suposava que havies d'esperar-me baix.

CAPÍTOL 33

—Què fas aquí? —En Jack aclucà els ulls i m'analitzà—. I, per què dimonis parles sola?

L'àvia Vi rigué dissimuladament mirant-lo des del sostre.

En Brayden seguí en Jack pel passadís.

—Sempre ho fa.

Vaig ignorar en Brayden i em vaig centrar en en Jack.

—Espero que no sigui massa tard. Hem decidit vendre.

—Cen, és fantàstic. —En Brayden corregué cap a mi—. No us en penedireu.

—T'escolto —digué en Jack—. Però hem trobat una altra propietat, així que potser sí que és massa tard. O potser no et podem oferir tanta quantitat. Ara mateix estan considerant la nostra oferta.

Vaig ignorar la catxa.

—La mare, la tieta Amber i la tieta Pearl estan preparades per a signar els documents amb una condició.

—Quina?

—Has de tornar a Westwick Corners. La tieta Pearl té els moviments una mica restringits ara mateix i no pot sortir del poble. Pots?

—Suposo que sí.

Un somrís triomfal es dibuixà al rostre d'en Jack.

—Perfecte. Ens reunirem demà al matí. —Havíem d'assegurar-nos que la Tonya patís les conseqüències de la justícia de l'AIAB, abans que les del xèrif Gates. Vaig caminar unes passes cap a les escales i vaig fer mitja volta—. I una cosa més.

—Què?

—Que vingui també la Tonya.

—La Tonya Plant? Per què hauria de...?

—Conec la vostra relació i els plans del complex. —Vaig assenyalar en Brayden—. En Brayden m'ho contà.

Els ulls d'en Jack s'obriren com a plats. Mirà en Brayden però no digué res.

En Brayden es quedà mut de sorpresa.

—No pensaries que tindria secrets amb la seva futura esposa, oi?

—Jo no li he dit res. —En Brayden es tornà cap a en Jack—. No sé de què parla. No he dit ni una paraula.

Vaig arronsar les espatlles i vaig marxar per les escales amb l'àvia Vi al darrere. Baixava els graons anguniada, pensant com havia pogut ser tan crèdula. Havia confiat cegament en en Brayden com una ximpleta, ignorant que mai m'havia sigut lleial en primer lloc. Esperava que l'àvia Vi no fes una muntanya i em repetís que havia tingut raó. No estava d'humor.

L'àvia Vi m'instà impacientment des de la porta.

—Afanya't, no tenim tot el dia.

* * *

—A tu què et sembla? —Vaig mirar interrogant l'àvia Vi que havia estat estranyament en silenci durant tot el trajecte de tornada a West- wick Corners—. Estàs molt callada.

L'àvia arronsà les espatlles i s'inclinà sobre el seient del copilot. No s'havia mogut des que havíem sortit de Shady Creek mitja hora abans. Em facilitava la conducció, però al mateix temps em preocupava. Passava alguna cosa.

No la vaig pressionar, vaig decidir gaudir del silenci per una estona. Era un dia preciós, solejat, perfecte per a un trajecte paisatgístic. També volia aprofitar la tranquil·litat abans d'haver d'enfrontar-me a la Tonya de nou.

El soroll d'uns colps provinent de la part de darrere del cotxe em sobresaltà. No sabia gaire d'automòbils, però vaig recordar que una vegada se'm soltà el tub d'escapament del cotxe antic. Aquest soroll no tenia el mateix espetec, però era l'únic que se m'acudia. Que potser tingués el tub d'escapament solt.

—He de parar. Crec que alguna cosa a la part de darrere del cotxe s'ha espatllat.

—No, no! —L'àvia Vi va moure els braços frenèticament—. Continua conduint.

—No puc, no si el cotxe es desmunta.

Vaig reduir la marxa i em vaig apartar al voral.

—Cen escolta'm. —L'àvia Vi levitava a pocs centímetres de la meva cara. Transparent o no, a penes podia veure davant de mi. Era com conduir amb boira espessa, només que, aquell dia, el sol brillava—. La Tonya es al maleter.

El cotxe es va sacsar quan una de les rodes va sortir de la carretera. Va aterrar amb un soroll sord al sòl de grava.

Vaig treure una mà del volant per a apartar-la, però, com era d'esperar, el travessà.

—Fuig del mig, àvia! No veig res.

Es retirà un altre cop al seient de copilot.

—Ui, ho sento.

—Per què no ho has dit abans?

En aquell moment vaig comprendre que el soroll era algú colpejant des de l'interior del maleter.

—No volia espantar-te, perquè hauries reduït la velocitat i hauríem acabat... com som ara.

—Ja ho veig. —Però no veia res clar— La Tonya és bruixa. No pot usar la màgia per a escapar-se del maleter?

—No pot contra la meva màgia, però no tenim gaire temps. Els meus encanteris fantasmagòrics no duren gaire. Crec que ens queden cinc o deu minuts abans que s'esvaeixi. Així que torna a l'autovia i accelera.

—No entenc res. La Tonya hauria vingut de tota manera.

—Cen, calla —digué la tieta Pearl assenyalant cap a enrere amb el cap.

—Què?

L'àvia Vi es portà un dit als llavis indicant silenci i s'assenyalà el cap.

Clar. Com l'àvia podia llegir la ment, només havia de pensar les meves preguntes. Així la Tonya no ens escoltaria.

Però, no sentiria les respostes de l'àvia? Potser l'encanteri també s'encarregava d'això.

L'àvia Vi augmentà el volum de la ràdio al màxim i articulà les paraules amb els llavis.

—Abans que la Tonya i en Jack responguin pels seus crims a Westwick Corners, la Tonya ha de respondre a l'AIAB. També ha comés crims sobrenaturals, i tenen prioritat.

Almenys és que vaig creure que dia.

—Per això l'has segrestada?

El sentit de la justícia de l'àvia Vi m'incomodava i no podia imaginar com se les havia arreglat per ficar la Tonya al maleter. Era físicament impossible. L'àvia Vi tenia asos sota la màniga fantasmal.

—No ho he fet. Tenia una ordre d'arrestament. —Somrigué—. I una bona recompensa pel seu cap.

CAPÍTOL 34

*L*a tieta Pearl estava esperant-nos quan arribàrem a l'Escola d'Encanteri Pearl. S'havia absentat injustificada i sobrenaturalment de la presó de Westwick Corners per repartir justícia. Esperava que el xèrif no anés a visitar-la en unes hores. Havíem d'ocupar-nos d'assumptes de l'AIAB.

—La Hazel ha anat davant per arreglar tràmits a l'oficina de l'AIAB de Londres —digué la Pearl.

La justícia de l'AIAB era ràpida, però hi havia moltes coses que podien sortir malament abans que entreguéssim la Tonya al tribunal.

L'Alan corregué cap a nosaltres, movent la cua.

—Ens emportem l'Alan.

—No és un bon moment, Cen.

—Sí, és el millor dels moments.

—Té raó, Pearl —intervingué l'àvia Vi i assenyalà cap al maleter des del qual la Tonya cridava i donava cops de peu—. No hi ha temps a perdre. Serà millor que marxeu.

La seva última frase em va alarmar. Pensar que la tieta Pearl i jo havíem de tenir a ratlla la Tonya m'aterrava. També teníem l'Alan, però en la seva forma actual les seves habilitats estaven limitades.

—¿No vens amb nosaltres?

L'àvia Vi negà amb el cap.

—No. Ara que he tornat a casa no tinc intenció de marxar-me, passi el que passi. Ara afanyeu-vos.

Vaig seguir les instruccions que em va donar la tieta Pearl sobre teletransport i, en menys de cinc minuts, ens materialitzàrem davant d'un altíssim edifici d'acer. Estava molt il·luminat, malgrat que era nit entrada. Els carrers del centre estaven silenciosos i buits. Tenia un aspecte esgarrifós.

La porta giratòria d'entrada començà a fer voltes lentament. Vaig suposar que era una invitació, així que vam entrar. En primer lloc la tieta Pearl, després la Tonya i jo tancant la marxa. Vam agafar l'ascensor que havia aparegut davant nostre. La porta es tancà i la tieta Pearl premé el botó que portava al pis número seixanta-set.

Ens elevàrem en silenci. Les primeres paraules de la tieta Pearl sobre la Tonya, quan va dir que era una bruixa pèssima, em tranquil·litzaven, fins que em vaig adonar que, probablement, deia el mateix de mi.

Quan s'obriren les portes de l'ascensor, ens reberen dos guàrdies fornits. Un d'ells portà la Tonya a través del passadís fins a la sala d'espera. L'altre ens acompanyà a l'oficina principal. La tieta Pearl, l'Alan i jo, el seguírem fins a la sala de conferències de l'AIAB.

L'Associació Internacional de l'Art de la Bruixeria era una organització mundial amb segles d'antiguitat, així que creia que l'oficina de la Hazel a Londres seria de fusta i rajoles, amb les parets obscures, ubicada a una antiga mansió plena de xemeneies de pedra.

Era justament al contrari. Més que mística i rural, la decoració de la seva oficina era clara, minimalista i contemporània, exactament el que correspon al pis seixanta-set de l'edifici més alt de Londres. El mobiliari era escàs, modern i blanc, replet de crom i vidre molt il·luminat. Com tota la resta, l'AIAB havia canviat amb el temps.

La imatge romàntica i misteriosa que tenia de l'AIAB era perquè coneixia molt poc de l'associació. De fet, sempre havia tractat d'ignorar l'AIAB i tot allò que tingués a veure amb el meu costat sobrenatural, però les classes de màgia amb la tieta Pearl m'havien obert les portes a un nou món, un món que mai, fins ara, havia volgut veure.

També veia la meva tieta des d'una nova perspectiva. Sí, era estrafolària i tossuda, però també es preocupava molt per Westwick Corners i faria qualsevol cosa per protegir el poble i el nostre mode de vida. A més, es prenia seriosament les seves habilitats. Estava orgullosa d'ella, encara que no ho admetria mai.

La tieta Pearl i jo érem els dos testimonis clau contra la Tonya, i no volia desbaratar les coses. Teníem una àrdua tasca per fer. Havíem de demostrar les infraccions màgiques al sistema judicial de l'AIAB. Esperava que les nostres afirmacions resistissin l'escrutini sobrenatural.

La tieta Amber ens conduí cap a la sala de juntes, on la Hazel ja seia a un dels extrems de l'enorme taula blanca de reunions. La tieta Amber segué a l'esquerra de la Hazel i la tieta Pearl i jo amb ella.

La Hazel romangué asseguda sense dir res. Per la seva expressió cansada i els seus ulls inflats i enrogits, era evident que havia estat plorant. A causa de la seva relació amb en Sebastien, no podia ser part de jurat, però com a presidenta de l'AIAB es requeria la seva presència.

L'Alan em va seguir i va seure als meus peus. Estava decidida a acabar amb les excuses de la Hazel. Una mirada d'aquells commovedors ulls marrons faria que se sentís culpable i que li tornés la seva forma humana, però havia d'esperar que acabés l'audiència.

Vaig dirigir la mirada al costat oposat de la taula, a les tres jutgesses que decidirien el destí de la Tonya. Totes tres eren dones, d'aspecte fràgil i cabells canosos, aparentaven almenys noranta anys. Totes tenien una mirada arrugada i erudita. Esperava que signifiqués que coneixien bé els termes de la llei de l'AIAB.

Els éssers sobrenaturals necessitaven elements de dissuasió sobrenaturals. Aquella era la raó per la qual l'AIAB disposava del seu propi sistema judicial, i per això la nostra missió era tan important.

L'ambient de la sala era tens. El cúmul d'emocions estava llest per encendre's quan la Tonya entrà escoltada per un guàrdia. Mirà al sòl evitant qualsevol contacte visual quan la primera jutgessa llegí els càrrecs contra ella.

L'acusació més greu, la d'abús de poders sobrenaturals, tenia el càstig més sever. Si la declaraven culpable, la Tonya seria expulsada de l'AIAB i privada dels seus poders per sempre.

Les condemnes dels mortals semblaven un regal al costat de les de l'AIAB, i la presó de Washington no era res comparada amb les sentències màgiques. Si el tribunal de l'AIAB declarava la Tonya innocent, els seus poders romandrien intactes. Podria escapar fàcilment d'una presó de Washington i fugir amb els seus delictes. Per això havia de ser jutjada primer per l'AIAB. L'única cosa que havíem de fer era aportar proves de que la Tonya havia comés un crim usant la bruixeria. Provar el crim era fàcil, ja que teníem una gran quantitat d'indicis que demostraven que havia assassinat el seu marit. El més difícil era demostrar com havia usat els seus poders per fer-ho.

—Primer testimoni —digué la jutgessa número u—. Digui el seu nom complet i la seva adreça.

Em començaren a suar les mans al detallar les meves dades. Poc a poc, em vaig relaxar mentre resumia els fets, des de la troballa del cos d'en Sebastien Plant a la glorieta fins al descobriment de l'anticongelant al got d'en Sebastien en la tauleta de nit.

La jutgessa número dos creuà els dits de les seves mans plenes de venes.

—Això és tot? No veig la implicació de la màgia en tot el procés.

—No, hi ha més.

El futur de Westwick Corners depenia de la meva última prova. Seria suficient?

Vaig treure tres còpies de l'informe forense de la meva bossa. Havia usat la màgia per fer les còpies, i això em convertia en algú tan dolent com la tieta Pearl. Era per assegurar-me que es feia justícia. O, almenys, és el que em deia per autoconvèncer-me mentre repartia les còpies als jutges.

—L'informe demostra que la Tonya enverinà en Sebastien abans que en Jack el colpegés amb la palanca de ferro. En Sebastien ja havia ingerit el verí quan ella i la Tonya arribaren, però li'n donà més a l'habitació. Les seves empremtes es troben al got, i s'ha trobat el seu ADN. Basant-nos en les estimacions del forense, begué una dosi letal d'anticongelant després que arribessin. La Pearl pot confirmar l'hora d'arribada. Així i tot, no arribà a la glorieta fins a hores després. Però aleshores, ja hauria perdut l'habilitat de mantenir-se en peu, i sobretot, de caminar.

Vaig fer una ullada a les jutgesses per valorar la seva reacció, però els seus rostres es mantingueren inexpressius. La tieta Pearl es remogué al seu seient.

—Algú va moure un Sebastien Plant de més de cent trenta quilos fins a la glorieta. —Vaig agafar aire i vaig treure la meva última arma, el meu portàtil. Hi havia imatges de la nostra càmera de vigilància—. Es pot veure la Tonya i en Sebastien levitant als voltants de l'hostal.

La Tonya es posà en peu.

—Això no demostra res.

—Demostra que estaves fora amb en Sebastien, i no dormint com havies dit. Les imatges de la càmera son de les set i mitja del matí, i si mires amb atenció, es pot veure que en Sebastien té els ulls tancats. Està clarament inconscient. —Els rostres de les jutgesses seguiren inexpressius mentre veien el vídeo de vigilància—. També demostra que la Tonya utilitzà els seus poders per portar-lo fins a la glorieta. —Vaig fer mitja volta i vaig mirar fixament les jutgesses, que s'inclinaren endavant alhora. El vídeo no mentia, però demostrava que la Tonya sí —. La Tonya va intentar inculpar la Pearl, també membre de l'AIAB, de l'assassinat. Però es va delatar amb la nota que deixà a l'escena del crim. —Vaig treure una còpia de la nota i li la vaig passar per damunt de la taula als jutges—. Va escriure *Unraveled* amb dues eles.

La jutgessa número tres arrufà el front en senyal de confusió.

—Té errades d'ortografia, i?

—No és cap errada, vostra senyoria. La Pearl és estatunidenca i utilitza l'ortografia americana, per la qual cosa, hauria escrit només una ela.

—Hi ha molta gent que escriu amb l'ortografia britànica. La Hazel, per exemple —protestà la Tonya—. Això no em converteix en culpable.

Vaig negar amb el cap.

—La Hazel no hauria sigut capaç de trobar rimes si la seva vida en depengués. —La Hazel em fulminà amb la mirada, malgrat que acabava de demostrar que estava de la seva part—. La científica analitzà la nota i trobaren les empremtes de la Tonya per tot el paper. No hi havia empremtes de la Hazel.

Els vaig passar l'informe. La jutgessa número dos l'agafà amb la mà ossuda. La tieta Pearl arronsà les espatlles.

—Ja he passat un temps al calabós per culpa de la falsa acusació de la Tonya. Vull justícia.

—La Tonya ha intentat culpar un altre membre de l'AIAB? —preguntà la jutgessa número tres amb veu entretallada.

Vaig assentir.

—I també va convèncer en Jack que ell havia matat en Plant. Quan el colpejà amb la palanca de ferro, no sabia que la Tonya ja li havia donat a en Sebastien una dosi letal d'etilenglicol o anticongelant.

La Hazel es quedà sense alè.

—Com es declara, Tonya? —preguntà la jutgessa número u.

—Culpable.

CAPÍTOL 35

Em vaig despertar prompte i em vaig dirigir a la redacció, renovada després d'una nit de dormir bé amb la certesa que la Tonya Plant havia estat privada dels seus poders. La decisió de les tres jutgesses de l'AIAB havia estat unànime, la Tonya havia de ser immediata i permanentment privada dels seus poders, i compliria una sentència de deu anys per l'AIAB quan acabés amb la de Washington.

També es fa ver justícia per a l'Alan. La Hazel havia desfet l'encanteri i li havia tornat al meu germà la seva forma humana. Havia tornat a ser el mateix després d'un copiós desdejuni a l'hostal.

La Tonya estava en llibertat provisional mentre esperava la sentència, però portava una turmellera monitoritzada que permetia conèixer el seu parador en qualsevol moment. Sens dubte, seria amb en Jack, de camí a Westwick Corners en aquell mateix moment.

Sabia que tornaria perquè somiava amb el seu complex al vòrtex de Westwick Corners. Ella tenia certesa que, malgrat la condemna de l'AIAB, podria dur a terme el seu pla. L'única cosa que havia de fer era arreglar la documentació amb nosaltres per tancar el tracte.

Tenia una altra cosa en ment, basada en una cosa que estava en possessió del xèrif Gates. Em moria de ganes de veure en Jack i la

Tonya arrestats i que se servís justícia, i la nostra disposició a acceptar per fi la seva oferta els acabaria delatant.

Mentre esperava que arribessin, havia d'acabar l'article del *Westwick Corners Weekly*. Vaja una setmana. Un assassinat, la cancel·lació d'unes noces (el tipus de coses que surten en portada al nostre poble), un alcalde corrupte i, per acabar, la notícia que teníem un vòrtex al nostre poble. Qui podria haver-ho dit?

Per una altra banda, teníem l'altra notícia, aquella que no podíem publicar i que havia capgirat tot el món màgic: una de les nostres havia estat responsable d'un crim esgarrifós i en pagaria les conseqüències. Era un article que no em necessitava, s'havia escrit tot sol.

El meu article original sobre la inauguració de l'hostal Westwick Corners semblava una nimietat en comparació amb la resta de notícies, així que no tenia opció, havia de descartar-lo i substituir-lo per l'assassinat d'en Sebastien Plant. La pèrdua de publicitat probablement seria perjudicial per al nostre negoci, però l'altra notícia podia compensar-ho amb escreix.

Per una vegada, el *Westwick Corners Weekly* estaria ple de contingut original i no només de cupons de descompte i anuncis. La gent coneixeria els fets abans que la història es deformés i s'embellís amb els rumors. Només hi havia una veritat.

En resum, Westwick Corners era un indret interessant, i pagava la pena desviar-se de l'autovia. Era poc probable que els turistes llegissin el periòdic local, però la gent d'aquí que ho fes, aniria corrent a Embruix a comentar els darrers esdeveniments acompanyats d'unes copes. Podien sortir coses bones de les situacions dolentes.

Vaig comprovar el rellotge i em vaig adonar que faltava menys de mitja hora per a la reunió amb en Jack i la Tonya. Ells creien que anaven a comprar la nostra propietat, però nosaltres teníem una cosa totalment diferent en ment.

Això si arribava a temps a l'hostal.

Les situacions desesperades requereixen mesures desesperades. Així que vaig usar la màgia per a escriure una notícia sobre l'assassinat; una altra sobre els Plant i la seva empresa, Travel Unraveled, vaig afegir un vòrtex a l'equació i ja tenia la versió definitiva.

Mitja hora després, el periòdic estava revisat, maquetat i preparat per a la seva publicació. Només em quedava pujar les notícies al lloc web del *Westwick Corners Weekly* en el moment just.

M'estava bevent el cafè quan em va sobresaltar un gran soroll.

—Però que...? —Em vaig ennuegar i vaig escopir el cafè per sobre de la taula.

Una fracció de segon més tard, la tieta Pearl arribà pels aires travessant el sostre i aterrant a la cadira front a la meva taula. Malgrat la seva baixa estatura, la cadira va cruixir per la velocitat de l'impacte. Quaranta quilos de pell i ossos podien fer-ho si queien des d'una altura de tres metres. La mateixa tieta Pearl semblava espantada.

—Maleit sigui! M'estic fent massa gran per a aquestes coses. —Va fer un gest mentre s'acomodava bé sobre el seient—. En Jack i la Tonya acabaven d'arribar a l'hostal. Per què estàs encara aquí?

La tieta Pearl havia quedat neta de tota sospita aquell matí, quan l'informe forense identificà que la palanca de ferro havia estat l'arma del crim. La sang trobada a la seva vareta, va resultar ser de vaca, no humana. Tot havia estat preparat per inculpar-la, però el forense demostrà la seva innocència.

—Ho sento.

Em vaig posar dempeus i la vaig seguir cap a la porta.

—Recorda que has de seguir-me. —Salta fins a sota les escales, colpejant el passamans amb la vareta—. Que bé ser lliure.

Vaig recordar la meva quasi boda i la meva quasi vida com a esposa de polític.

—No hi podria estar més d'acord.

La mare, la tieta Pearl i jo seguírem en Jack i la Tonya a través del jardí fins a la glorieta. La Tonya Plant i en Jack Tupper III no sabien el veritable motiu pel qual es trobaven allà. Creien que anaven a veure l'arrest de la tieta Pearl per l'assassinat d'en Sebastien Plant a la mateixa escena del crim.

Tots dos estaven impacients per veure-la arrestada, però estaven encara més emocionats per signar els papers de la compravenda de la nostra propietat.

Vaig comprovar l'hora.

—La tieta Amber hauria d'haver arribat fa una hora. De segur que arriba en qualsevol moment.

Era una mentida per entretenir-los.

—Això haurà d'esperar —digué el xèrif apropant-se a nosaltres—. He d'ocupar-me d'uns assumptes. Hi ha moltes preguntes sense resposta sobre en Sebastien.

En Tyler assenyalà la Tonya, però aquesta l'ignorà. Estava a pocs metres de la resta del grup, concentrada en la pantalla del mòbil.

En Jack gargamellejà mentre jugava amb els dits.

La Tonya necessità uns instants abans d'adonar-se que tothom la mirava.

—No deu d'estar parlar seriosament. Ja és extraordinari que l'hagin contractat de xèrif d'un poble tan petit. Ningú més acceptaria una feina aquí. —El xèrif Gates passà per alt l'insult—. La majoria de la gent ni tan sols voldria viure aquí afegí la Tonya—. Ni els policies més incompetents.

La tieta Pearl aclucà els ulls.

—Aquest poble es troba sobre un vòrtex, senyoreta. Estàs gelosa perquè no pots viure aquí. Si creus que vas a fer-te amb el nostre vòrtex estàs molt equivocada.

La mare li tocà el braç a la tieta Pearl.

—Tranquil·la, Pearl. El vòrtex és per a tots.

—Però no pot arrabassar-lo i explotar-lo —vaig intervenir.

El xèrif Gates ens mirà confós.

—Quin vòrtex?

Li vaig treure importància amb un gest de la mà.

—Després li ho explico.

—El que sigui. —La Tonya va arrufar el front al xèrif—. Sabia que seria una pèrdua de temps. He d'anar-me'n, us deixo els documents. Per a qualsevol pregunta, dirigiu-vos al meu assistent.

Es va treure una targeta de presentació de la borsa i li la va donar al xèrif.

—Vostè no va enlloc —digué.

—No pot donar-me ordres. Sóc lliure de fer el que em vingui en gana. És vostè un incompetent incapaç de trobar l'assassí del meu marit.

El xèrif ignorà també aquell insult.

—Queda detinguda per l'assassinat d'en Sebastien Plant.

—No em faci riure. Tinc una coartada. Em van veure tots a l'hostal. —Ens assenyalà a la mare, la tieta Pearl i a mi amb un gest despectiu—. Estava amb elles aguantant el tediós servei al client que tenen a l'hora de l'assassinat.

—Jo no recordo haver-te vist —digué al tieta Pearl.

Li vaig indicar a la tieta que tallés assenyalant-me el coll. La Pearl era especialista en fer que tothom s'enfadés i en treure la gent de polleguera. Era l'última cosa que necessitàvem en aquell moment.

—Dubto molt que recordis moltes coses, vella xaruga.

La Tonya es penjà la borsa al muscle i li va fer un gest a en Jack perquè la seguís.

Vaig recordar que la tieta Pearl m'havia comentat que la Tonya era més major del que aparentava. Per què seguia semblant jove si li havien tret els poders? Potser necessites un termini de temps perquè fes efecte.

—No tens cap dret a parlar-me així!

La tieta Pearl va treure la vareta i va estar a punt d'utilitzar-la, però la vaig aturar just a temps perquè no haguéssim d'enfrontar-nos a un altre delicte.

Per sort, la Tonya decidí ignorar-la. Es girà cap a en Jack i li digué:

—Anem-nos-en.

En Jack vacil·là però acaba fent mitja volta i seguint els tacons de la Tonya.

—Espereu —digué el xèrif Gates—. No podeu marxar fins que jo ho digui. Tots dos teniu moltes preguntes a respondre.

—Tant se me'n dona —respongué la Tonya—. Pot parlar amb el meu advocat. Vaig estar a l'hostal tot el temps, així que no pot culpar-me de l'assassinat d'en Sebastien.

Massa per a una vídua afligida.

—Ah, però l'assassinat no ocorregué en aquell moment. En Sebastien Plant va morir molt abans, i per a aquell lapse de temps no té coartada. Estigué sola una hora, des que en Sebastien sortí a passejar fins que es trobà amb en Jack a la seva habitació.

—No és cert. No vaig sortir de la meva habitació. Aquestes senyoretes poden confirmar que vaig estar a l'hostal tot el temps. Oi, noies?

Em va mirar i vaig assentir.

—No va sortir a passejar amb en Sebastien.

—Ho veu, xèrif. No podria resoldre el cas ni si la seva vida en depengués. Està clar que la Pearl West va matar el meu marit amb el seu bastó. És ridícul buscar altres teories. —La Tonya marcà un numero al seu telèfon—. Estic trucant el governador. El vull fora del cas immediatament.

—Ningú em traurà del cas perquè el cas està resolt. —Els ulls d'en

Tyler em llençaren una silenciosa mirada d'agraïment mentre treia les esposes—. Queda arrestada per l'assassinat d'en Sebastien Plant.

Li va llegir els drets a la Tonya però no la va emmanillar al moment.

—I una merda guardar silenci. —La Tonya el mirà i va fer mitja volta. Va cridar a través del seu telèfon, però, pel que semblava, no va ser el governador qui va respondre—. Passa'm amb ell ara mateix o faré que t'acomiadin.

La típica actitud d'una vídua de dol.

—Apagui això. —En Tyler arquejà les celles davant del seu rostre —. L'única persona a qui deuria estar trucant en aquest moment és el seu advocat.

La Tonya el fulminà amb la mirada però va acabar per fer-li cas. Va romandre en silenci i va encreuar els braços amb l'únic objectiu de posposar l'inevitable.

—Potser no donaria el colp de gràcia, però va matar el seu marit. La majoria de les vegades sol ser la parella, i aquesta vegada no és diferent.

—És vostè un idiota.

Per primera vegada, el rostre de la Tonya mostrava una mica de por.

—En Sebastien va patir un traumatisme, però no el va provocar el bastó de la Pearl. —En Tyler Gates escrutà les nostres expressions—. El seu atacant és aquí.

—Està claríssim que es tracta de la Pearl —remugà la Tonya—. És tan estúpida que es va deixar el bastó.

—Com t'atreveixes a dir-me estúpida?

La tieta Pearl aixecà el bastó en direcció a la Tonya.

—Esta tornant-ho a fer! —cridà—. Arresteu-la!

Vaig agafar la meva tieta per darrere com si l'abracés i vaig estirar d'ella per a apartar-la. Em vaig adonar que no recordava haver-la abraçat mai abans. No era una persona gaire aficionada a les mostres d'estima. Encara que era com si la veiés per primera vegada. La meva tieta tenia tant coratge i tant caràcter que havia oblidat com de prima i fràgil era.

—La Pearl no el matà —digué en Tyler—. No té tanta força.

Vaig mirar amb nerviosisme la mare. Si teníem en compte els seus poders sobrenaturals podia tenir molta força. La Tonya també ho sabia. Estaria tan desesperada com per a revelar que érem bruixes?

—En realitat, pot...

Vaig interrompre la Tonya abans que pogués acabar la frase.

—La Pearl no és rival per a un home de cent trenta quilos.

—Sobretot si mesura quasi dos metres —afegí en Tyler—. No té altura suficient per a arribar a la part superior del seu cap. I clarament no té força per a inutilitzar-lo.

La tieta Pearl rodà els ulls en blanc i va arrufar els front al xèrif.

—Me'n puc anar ja? —preguntà la Tonya.

En Tyler Gates ignorà totes dues.

—L'objecte amb el qual colpejaren en Sebastien era molt més pesat que el bastó de la Pearl. El seu atacant era tan for que no només li va fer una ferida superficial, sinó que a més li fracturà el crani.

Ens tornarem tots cap a en Jack, que, amb més d'un metre vuitanta d'estatura, destacava al costat de la Tonya. Els seus ulls s'obriren com a plats quan l'Alan sortí de la glorieta. Mesurava més de dos metres i se'l veia intimidant al costat d'en Jack. Somrigué preparat per a ajudar el xèrif si era necessari.

En Tyler Gates sostenia les manilles a la mà esquerra.

—De fet, sabem exactament quin objecte va utilitzar l'atacant. —S'ajupí i agafà una palanca de ferro que hi havia junt als graons de la glorieta—. Una palanca de ferro. Exactament igual que aquesta. La terminació de la palanca va deixar una marca peculiar al crani d'en Sebastien Plant. Aquella marca no coincideix amb el bastó de la Pearl. Tanmateix, és exactament igual a la palanca del Lamborghini d'en Jack.

—No pot demostrar-ho. —En Jack començà a suar—. Pot haver sigut qualsevol cosa.

El xèrif Gates negà amb el cap.

—La marca al seny d'en Sebastien està molt clara. Aquest matí he aconseguit un permís per a registrar el seu cotxe. Li faltava la palanca.

—En Jack sospirà, decebut—. Fins que la trobàrem més tard a la paperera de la seva habitació. Tenia sang d'en Sebastien.

—Això és mentida. El bastó de la Pearl també estava cobert de sang.

—Furtaren el bastó de la Pearl i el deixaren a la glorieta per a inculpar-la. La marca al seny d'en Sebastien Plant descarta el bastó. I no només això, l'angle i la força requerida per deixar una marca així demostren que va ser algú molt més alt que la Pearl. De fet, és l'únic que es trobava a l'hostal anit que reuneix els requeriments d'estatura.

—És l'home que vaig veure! —La Pearl es posà les mans sobre la boca—. L'encaputxat.

—Tu vas matar el meu marit! —cridà la Tonya carregant contra en Jack i donant-li colps al pit.

El xèrif mirà fixament en Jack.

—El va seguir fins a la glorieta i el va colpejar al cap.

—Impossible. No vaig estar allí.

—No té coartada. A més, tenim un testimoni.

—Vull un advocat —digué en Jack—. No tinc res a veure amb tot això.

—En Jack estava gelós d'en Sebastien. —Els crits de la Tonya es convertiren en una calma mortal—. Insistí en el fet que els deixés, però em vaig negar. Així que va matar el meu pobre i dolç marit.

—No és cert —plorà en Jack—. Em vas dir que el volies fora de la teva vida. Que et maltractava.

—No vaig dir res d'això. Estàs obsessionat amb mi. —La Tonya es va eixugar una llàgrima fingida de la galta—. En Seb i jo teníem una vida feliç junts. I un monstre va acabar amb ella.

—Al cap i a la fi, no es tan important —digué en Tyler—. No el va matar el colp.

—No? —en Jack semblà esperançat de sobte.

En Tyler negà amb el cap.

—En Sebastien va ser enverinat. El colp d'en Jack amagà la veritable causa de la mort.

—No, en Jack el matà. I li demano que l'arresti ara mateix —ploriquejà la Tonya.

De sobte vaig veure aparèixer quatre agents de policia de Shady Creek travessant el jardí. Esperaren a uns tres metres mentre el xèrif parlava. Probablement haurien vingut de reforç.

—En Sebastien Plant morí d'intoxicació per etilenglicol. De fet, ja era mort quan en Jack el colpejà amb la palanca. Per això no hi havia molta sang —explicà el xèrif Gates—. I per això també va deixar una marca tan característica al crani. El forense diu que si hagués estat viu i amb la sang circulant, les marques del colp haurien sigut molt diferents.

La tieta Pearl tossí.

—Aquesta dona té un munt d'asos sota la màniga. Vaja una bruixa.

Em vaig espantar en sentir la referència, però ningú més va semblar notar-ho.

El xèrif Gates assenyalà la Tonya.

—Va preparar tot el muntatge per culpar en Jack de l'assassinat. Per això es registraren prompte i mantingué en Sebastien a l'habitació fins que no va poder quasi ni caminar. En Sebastien no estava borratxo, sinó enverinat.

El va persuadir perquè sortís a prendre l'aire i aclarir el cap. Va haver de fer-ho, perquè no hi havia mode de poder transportar un home obès de més de cent trenta quilos.

—Per què portar-lo fins a la glorieta? —preguntà l'Alan.

—No està gaire a la vista. Li concedia temps perquè no fos descobert de seguida. Els efectes de l'anticongelant poden revertir-se, però només durant un termini de temps curt, abans que sigui massa tard. No podia deixar-lo a l'habitació sense tenir una explicació de perquè no havia trucat per demanar ajuda. Declarar que havia anat a fer una volta pel jardí era perfecte. Tindria una coartada mentre ell moria lentament.

—Tot açò és culpa meva —intervingué al Tonya amb la veu trencada—. Estava molt deprimit. No hauria d'haver-lo deixat sol. Havia tingut pensaments suïcides els últims mesos. Però tenia ni idea que hagués begut anticongelant.

—La majoria de la gent no sap que l'etilenglicol és el nom químic del principal component de l'anticongelant. Se la veu molt familiaritzada amb l'assumpte.

—Perquè sóc una persona intel·ligent, xèrif. Però desitjaria haver sigut prou intel·ligent com per a impedir que el meu marit es tragués la vida.

—Estic prou segur que el va ajudar —digué en Tyler—. Algú posà l'etilenglicol a la seva beguda. Hem analitzat el got que hi havia a la tauleta de la seva habitació i hem trobat restes de la substància. I les seves empremtes al got. Ho va ficar a la beguda.

—Té molta imaginació, xèrif. Però no va ocórrer així.

—Ningú es suïcida amb anticongelant —replicà el xèrif Gates—. O prenen pastilles o es peguen un tir al cap. Li posà el got als llavis mentre estava vagament conscient i el forçà a beure. No hi havia empremtes d'en Sebastien al got i els suïcides no porten guants per a ocultar les seves empremtes. No els importen aquest tipus de coses, perquè ja no els importa res en el moment que decideixen fer-ho.

—Els seus tècnics de laboratori són tan incompetents com vostè —contestà la Tonya—. O no van veure les empremtes o analitzaren el got equivocat.

Sonava més desesperada a cada minut que passava.

—És el laboratori estatal. Aquest és només un dels molts casos que porten, i tenen molt bona reputació. Li passaré la seva queixa sobre el laboratori al governador també.

—Si estava enverinat, com va poder caminar sol fins a la glorieta? —preguntà fingint que plorava.

—Fàcil. Els efectes de l'anticongelant no són instantanis. Els primers símptomes són que a la persona se li enreda la llengua i perd la coordinació.

—Com un borratxo —afegí la mare.

—Exacte —corroborà en Tyler—. El verí es va fer notar a l'autòpsia. L'etilenglicol forma cristalls als ronyons que romanen intactes després de la mort. Aquesta en va ser la causa. El traumatisme causat pel colp d'en Jack va ser greu, però ocorregué després. De qualsevol mode, no li hauria provocat una mort instantània.

En Jack va arrufar el front i va estudiar la Tonya.

—Em vas mentir. Et vas inventar totes aquelles mentides sobre en Sebastien. M'has utilitzat.

En Tyler mirà fixament en Jack.

—És exactament el que ha fet. L'ha culpat de l'assassinat d'en Sebastien.

La tieta Pearl assentí. Per una vegada, estava de part del xèrif.

—Sempre s'ha de sospitar de la parella, passi el que passi.

La Tonya va tossir mentre el xèrif Gates li posava les manilles. Un altre agent va fer el mateix amb en Jack, i els acompanyaren tots dos fins als cotxes de policia per ser portats a la presó de Shady Creek.

Ens quedàrem en silenci observant l'escena.

—M'alegro que hagi acabat tot —digué la mare.

—Ha acabat per vosaltres, però acaba de començar per a la Tonya. En Sebastien no era el primer espòs de la Tonya, ni el primer en morir sota circumstàncies sospitoses. El seu primer marit va morir sobtadament a l'edat de trenta-vuit anys. La seva família va demanar l'autòpsia, però, la Tonya, el seu familiar més proper, es negà. Suposo que exhumarien en seu cadàver.

La bruixa que ho tenia tot acabava de quedar-se sense res.

CAPÍTOL 37

El cap de setmana del meu quasi casament, ruptura, assassinat d'en Plant i assumptes internacionals amb el tribunal de l'AIAB m'havia deixat exhausta. De jutjar per la seva expressió, la tieta Pearl també ho estava.

—L'Escola d'Encanteri Pearl està en la pausa semestral des d'ara mateix —declarà.

—He aprovat?

—Acabes de començar. —La tieta Pearl somrigué amb suficiència —. Però has fet molt poc... Encara no he posat les notes.

Em vaig quedar bocabadada. Després de tot el que havia fet, em mereixia un excel·lent.

—Hauria d'haver aconseguit un aprovat automàtic.

—T'estic prenent el pèl, Cen. Has aprovat.

Em vaig relaxar, sorpresa per tot el que significaven de sobte la màgia i l'aprovació de la tieta Pearl. Sentia un afecte renovat per la meva tieta ara que era conscient de quant havia arriscat per salvar el poble. Potser tinguéssim més coses en comú del que creia en un primer moment.

Vam seure a una taula de pícnic al jardí de darrere. Una càlida brisa de mitja vesprada bufava entre les fulles dels àlbers que borde-javen la part de darrere de la propietat. Els últims convidats que havien vingut a passar el cap de setmana se'n havien anat feia unes hores, així que decidírem aprofitar el bon temps per celebrar una rostida improvisada.

Teníem la panxa plena de pollastre, d'ensalada de creïlles a l'estil secret de la mare i de panotxes. La tieta Pearl i jo vam seure enfront de la Hazel i la tieta Amber que havien arribat just a temps per celebrar la detenció de la Tonya. També havíem convidat el xèrif Gates, que va seure a la dreta de l'Amber.

De sobte en Tyler va veure l'Alan corrent cap a nosaltres. Encara que havia recuperat la seva forma humana, seguia tenint l'energia canina, i semblava tenir més fam que mai. Somrigué d'orella a orella en apropar-se a la taula. Li vaig tornar el somrís, sentit la seva alegria contagiosa quan s'uní a nosaltres. Estava quasi tan alleujada com ell.

Encara que veure l'Alan en forma de *border collie* era graciós, havia d'admetre que m'havia preocupat que mai tornés a ser ell. També l'havia trobat a faltar. Era meravellós tenir el meu germà de nou. Fins i tot la Hazel semblava alegrar-se de veure'l. Em feia feliç veure que la Hazel i la tieta Pearl tornaven a ser amigues.

—Espero que us quedi lloc per les postres.

La mare aparegué per la porta de la cuina amb una gran safata. El meu cor va fer un brot en reconèixer el pastís nupcial. Per un moment havia oblidat la cancel·lació de les noces i la meva ruptura amb en Brayden, però el pastís em recordà tots aquells sentiments. De sobte, el dia semblava ennuvolat per la culpa.

—Hora de la celebració.

Tots em miraren quan la mare va posar el pastís sobre la taula.

—Mare, no. —Vaig negar amb el cap.

—Tranquil·la, Cen. És un pastís deliciós i no penso llençar-lo a perdre. Mira bé. —La mare assenyalà el cim del pastís.

Se m'il·luminaren els ulls en fixar-me en el pastís. Em vaig animar en veure que, encara que era el meu pastís, la decoració era totalment diferent. Els nuvis havien estat substituïts per una miniatura de l'Hostal Westwick Corners amb la família West al complet.

La mare, la Pearl i l'Amber estaven dempeus al pòrtic, una al costat de l'altra. L'Alan, en forma humana, i jo estàvem davant de la casa, mentre que l'àvia Vi levitava sobre nosaltres. Se'm va fondre el cor davant de la dolça escena que la mare havia creat tan meticulosament sobre el pastís.

Encara que ni tan sols la mare podia treballar tan ràpid sense màgia, de segur que havia comptat amb la seva ajuda. Vaig suposar que, després de tot el que havia passat, totes dues ens sentíem una mica més còmodes amb els nostres poders. Vaig sentir un gran afecte per ma mare i el seu talent, astuta i estalviadora al mateix temps. També em vaig sentir eternament agraïda en adonar-me com havia gestionat ella sola l'hostal mentre la tieta Pearl i jo lluitàvem contra el crim sobrenatural.

—És preciosa. És una llàstima menjar-se-la.

Se'm passaren diverses coses pel cap, però, per primera vegada, vaig sentir que no volia res d'especial.

No canviaria res de la meva feina sense futur i el meu periòdic poc solvent. Tampoc estava segura de voler canviar res de Westwick Corners. M'encantava la meva excèntrica família tal com era, sense importar-me el que pensessin els de fora. Fins i tot estava contenta amb mi mateixa. Per primera vegada em sentia orgullosa de ser una bruixa. Mai tornaria a menysprear el que tenia.

Vaig fer una ullada al voltant de la taula. Sentia totes les mirades sobre mi, esperant que tallés el pastís. Els meus ulls es trobaren amb la seductora mirada d'en Tyler Gates.

El cor em va fer un brot.

Vaig tancar els ulls i vaig respirar profundament.

Després de tot, potser sí que desitjava alguna cosa.

* * *

T'ha agradat *Caça de bruixes*? Aleshores llegeix el següent llibre de la saga: *La bruixa de la sort*

Pots aconseguir els altres títols de la colecció i altres llibres de Colleen Cros en aquest enllaç o al seu lloc web. Registra't per a rebre el butlleti de notícies en http://eepurl.com/dDAcgr

SOBRE L'AUTORA

Colleen Cross - escriptora de *thriller*, crim y misteri

Collen Cross ha escrit tres sagues de *thriller* i misteri. La darrera, *Els misteris de les bruixes de Westwick,* és una sèrie de misteris paranormals ambientats al petit poble de Westwick Corners, un poble quasi fantasma on mai ocorre res... excepte quan les bruixes s'involucren.

Les dues sagues anteriors tracten de la Katerina Carter, una forense i investigadora de fraus molt espavilada. Sempre fa el que s'ha de fer, encara que els mètodes poc ortodoxes siguin espantosos.

Colleen també escriu no-ficció de delictes de guant blanc. *Anatomia d'un esquema Ponzi: Estafes passades i presents,* que exposa als majors estafadors de tots els temps i com es lliuraren dels seus crims. Prediu el lloc i el moment exacte on tindrà lloc la major estafa Ponzi de la història, i serà molt prompte.

Visita el lloc web www.colleencross.com i registra't per rebre notificacions sobre nous llançaments i ofertes especials.

Registra't en http://eepurl.com/dDAcgr

També em trobaràs a les xarxes socials:

Facebook: www.facebook.com/colleenxcross

Twitter: @colleenxcross

I a Goodreads.

ALTRES OBRES DE COLLEEN CROSS

Els misteris de les bruixes de Westwick

Caça de bruixes

La bruixa de la sort

Bruixa i famosa

Subscriu-te al butlletí per a assabentar-te de les noves publicacions de Colleen.

http://eepurl.com/dDAcgr